기억과 공감

기억과 공감

지은이 ┃ 임언미

초판 발행 ┃ 2021년 1월 4일

펴낸이 ┃ 신중현
펴낸곳 ┃ 도서출판 학이사
출판등록 ┃ 제25100-2005-28호

대구광역시 달서구 문화회관11안길 22-1(장동)
전화_(053) 554-3431, 3432 팩시밀리_(053) 554-3433
홈페이지_http://www.학이사.kr
이메일_hes3431@naver.com

ISBN_979-11-5854-283-2 03810

기억과 공감

임언미

學而思 | 학이사

기억, 공감 그리고 세대

'덕분에…' 라는 말이 요즘처럼 와닿은 적은 없는 것 같다. 지나온 시간들 속에 항상 은인이 있었다. 이런저런 글들을 모아 책을 묶어내려고 보니 고마운 일이 많다. 책을 엮어 내기 위해 글을 써 내려가는 것도 어렵지만, 책을 낼 만큼 글을 써둔다는 것도 쉬운 일은 아니다. 문화예술계 새내기 시절부터 꾸준히 외부 지면을 통해 글을 쓸 수 있도록 이끌어 주신 분들이 있어서 가능했던 일이다. 빠르게 팽창하는 문화예술 환경 속에서 모두가 새로운 것을 향해 달려갈 때, 그 과정에서 놓치고 가는 건 없는지 살피는 사람이 되고 싶었다. 기억, 공감 그리고 세대라는 주제로 나눠 묶었지만 대부분 대구 지역의 문화예술 현장이 녹아들어 있는 글들이다.

《대구문화》 발간을 맡으며 대구 문화예술계에 발을 처음 내디뎠을 때는 예술계 모든 것이 신기했고 궁금했다. 평범한 사람들의 일상과 문화예술 현장을 연결하는 방법만 고민했던 것 같다. 결혼하고 아이를 기르면서는 육아기 여성으로서 사회와 부딪히는 크고 작은 일들에 분노하고 힘겨워하기도 했다. 예술인들과 함께하는 세월이 쌓일 즈음부터는 하나둘 늘어가는 원로들의 빈자리가 안타까워 그들의 흔적을 모으고 기록하려 애썼다.

항상 깨달음을 주시는 예술인들, 특히 원로 예술인들께 감사드린다. 일상에서는 그저 관객의 자리에서

먼발치에서 만날 수 있었을 분들인데, 《대구문화》 담당자라는 이유만으로 허물없이 작업실과 연습실 문을 열어주셨다. 예민하고도 순수한 영혼의 그들과의 교류를 통해 많이 배울 수 있었다. 그리고 그 경험들이 여러 글들의 소재가 되었다.

발표했던 글들을 가려 묶으려 다시 읽어보니, 얼굴이 화끈거리는 글들도 꽤 보인다. 그럼에도 그 모든 것들이 현재의 내가 있기까지의 성장과정이기에 가려내지 않고 보여드리려 한다. '당신의 이야기, 그 세대의 이야기를 하라'고 용기를 주신 분들 덕분이다. 연재 지면을 만들어주셨던 〈매일신문〉, 〈영남일보〉, 〈평화뉴스〉에 감사드린다.

《대구문화》 발간만으로도 벅찬데 여러 험로를 함께 걸어가 주는 편집실 식구들에게 미안한 마음뿐이다. 무엇보다 단행본 출간을 제안해 주시고 용기를 주신 학이사 신중현 대표님, 그리고 늘 곁에서 힘이 돼주시는 남지민 선생님께 감사드린다.

2021년
임언미

차례

기억

공감

세대

기억

"어떻게 그런 일을 해내셨어요?"
필자는 요즘 원로 예술가들을 만나면 이렇게 묻곤 한다.
자칭 '원로 전문가'라며 여러 예술가들의 이력을
줄줄 읊곤 하지만, 요즘처럼 그들의 업적이 놀랍게
되돌아봐질 때는 없었던 것 같다.

상자 속 예술이야기

어릴 적 살던 한옥에는 다락이 있었다. 부엌으로 통하는 문 바로 위, 그곳에 올라가면 온갖 물건들이 가득 들어 있는 상자들이 있었다. 식구들이 모두 낮잠을 자는 휴일 한낮이면, 혼자 그곳에 올라가서 상자들을 들춰보곤 했다. 부모님의 젊은 시절 사진에서부터 삼촌들의 학창 시절 노트에 이르기까지, 가족의 추억이 담긴 물건들이 그 속에 있었다. 갓 쓰고 흰 도포를 입은 할아버지의 사진을 볼 때면, 내 아버지의 아버지가 나고 자란 조선시대가 가깝게 느껴져 신기하기도 했다. 이후 세월이 흐르고 몇 차례 이사를 하는 사이, 그 상자는 어디론가 사라져버렸고, 다락에 대한 기억도 희미해졌다.

《대구문화》 취재를 위해 원로 예술가들을 만나고 그들의 작업실이나 집을 드나들면서, 다시 그 다락에서의 기억이 되살아나는 것을 느낄 때가 많다. 필자가 만난 원로 예술가들은 대부분 그들의 활동 자료들을 아주 잘 보관하고 있었다. 필자가 살아온 세월을 훨씬 넘는 시간을 견뎌온 자료들이었다.

대구시립교향악단 고故 이기홍 초대 지휘자는 2000년 초반 필자와의 첫 만남에서 빛바랜 누런 포스터 한 장과 오래된 공연 프로그램들을 꺼내 보여줬다. 손으로 직접 쓰고 색칠한 흔적이 고스란히 남아 있는 포스터는 대구시립교향악단의 전신인 대구현악회의 창립 포스터였다. 이 지휘자가 타계한 후, 그의 자택을 찾아가 보니 안타깝게도 그 포스터를 비롯해 일부 자료들이 사라지고 없었다.

한국 합창계의 거목인 대구시립합창단 장영목 초대 지휘자의 자택 발코니에는 철제 캐비닛이 놓여 있다. 장 지휘자와 부인 모두가 집 안에 먼지 한 톨도 허용하지 않을 정도로 깔끔한 성격이지만, 한국 합창의 역사를 증명해 줄 자료들과 악보들은 그 캐비닛 속에 고이 간직하고 있다.

1960년대부터 남편 정막 선생과 함께 현대무용 활동을 펼친 대구시립무용단 김기전 초대 안무자는 자주 거처를 옮겨야 했음에도, 세간살이보다 무용 관련 자료들을 더 소중히 보관해 왔다. 1958년 창립된 경북무용협회 포스터, 1962년 경주에서 열린 신라문화제 프로그램에서부터 대구 안팎 무용가들의 모습이 담긴 많은 자료들이 그의 보물 창고 속에 가득하다.

오페라 도시 대구로의 초석을 닦은 바리톤 고 이점희 선생의 아들 이재원 씨는 선친이 남긴 유품을 소중히 간직하고 있다. 선친처럼 음악가의 길을 걷지 않았음에도, 선친이 생전에 대구 음악을 일구기 위해, 대구에서 오페라 운동을 하기 위해 쏟은 열정을 누구보다도 잘 알고 있기에 낡은 포스터 한 장이라도 쉽게 버릴 수가 없었다고 했다.

김금환 초대 단장의 뒤를 이어 영남오페라단을 이끌고 있는 김귀자 단장은 어떤가. 한국 초연 무대를 기록한 오페라의 의상에서부터 무대 스케치에 이르기까지, 영남오페라단의 역사 자료들을 꼼꼼하게 보관하고 있다. 현대무용가 구본숙 선생은 유년 시절 자신의 무용 사진에서부터 공연 사진, 시립무용단 공연 자료들을 한 장도 빠짐없이 모두 가지고 있어, 자료들을 들춰본 필자가 혀를 내두른 적이 있다.

원로 작곡가 임우상 선생은 20여 년 전부터 일찌감치 음악박물관 건립의 필요성을 주장해 왔다. 음악 단체나 지역의 연구 기관이 자료 수집 운동을 벌일 때, 앞장서 원로 음악가들을 모으고 자료를 기증해 주셨다. 자료 수집 주관 주체가 몇 차례 바뀌면서, 같은 일이 반복될 때도 선생은 언젠가는 '제대로' 될 것이라는 믿음을 갖고 후배 음악가들을 설득하고 다독이셨다.

여기 예를 든 원로 예술가들은 모두 70, 80대 고령이시다. 이제는 공적 기관에 의해 이분들의 역사가 수집되고 기록되어야 할 시기가 됐다. 더 늦기 전에 이분들의 소중한 자료들을, 찬란한 예술의 기억들을 기록해야 한다. 기록해야 역사가 되고 보존해야 아카이브가 되기 때문이다.

아버지와 음악 친구들, 그리고 그들의 시대

카메라를 세 대나 가지고 있었음에도 가족사진은 단한 장만 남긴 사람, 음악으로 우리 사회를 일으켜 세우겠다고 불철주야 뛰어다녔음에도 정작 아들의 하숙비는 마련해 주지 못했던 사람, 바로 바리톤 이점희(1915~1991) 선생이다. 이점희 선생을 기억하는 사람들은 모두가 '진정한 예술인', '진짜 예술을 위해 모든 것을 쏟아부은 사람', '진심으로 지역 예술을 걱정한 사람'으로 회고한다.

이점희 선생은 연중 많은 음악 인구가 배출되고, 매년 가을 오페라축제로 도시를 수놓는 대구의 오늘이 있기까지 공로가 큰 사람으로 꼽힌다. 그는 한 사람의 성악가로서 활발한 발표를 했고 음악 교육자로서 오랜 기간 후학들을 길러냈다. 이기홍(1926~2018) 선생과 함께 대구시립교향악단 창단을 이뤄냈고 대구오페라협회를 만들어 오페라 운동을 주도했다.

그는 해방 후 혼란기였던 1950년 2월, 자택에서 대구 최초의 음악학원을 열어 수강생을 모집하고 음악 교육을 시작했다. 음악이 사회를 일으켜 세울 수 있다는 믿음이 있었기 때문이다. 1970, 80년대에 이르러 대구 지역 음악대학에서 음악인들이 많이 배출되기 시작했을 때는, 그들이 안정적으로 오페라를 만들 환경을 만들어주기 위해 시립오페라단 창단을 준비했다. 오페라 운동에 매진하기를 20년, 그는 안타깝게도 시립오페라단 창단(1992년)을 한 해 앞둔 1991년 세상을 떠났다.

향토 음악가들의 발자취를 따라가는 다큐멘터리 촬영차 이점희 선생의 아들 이재원 씨의 자택을 방문했다. 현관에서부터 집안 곳곳에 선생의 유품이 가득했다. 피아노, 담배 파이프, 선글라스, 수석, 도자기, 카메라, 시계, 신문 스크랩, 연주회 프로그램, 사진 앨범…. 책장과 벽에 걸린 액자도 모두 이점희 선생이 남긴 자료들이었다.

이점희 선생의 3남 1녀 중 셋째인 이재원 씨는 1948

년생으로 성악을 전공했다. 유년시절의 그가 기억하는 선친의 모습은 '붉은 얼굴'이었다. 늘 예술가들과 술자리를 하고 귀가했기 때문이다. 이 씨는 초등학교 시절 아버지의 얼굴을 '붉게' 그려 미술 과제로 냈다가, 부모의 얼굴을 모독했다고 선생님에게 회초리를 맞은 기억을 떠올렸다.

1950년부터 자택에서 대구음악학원을 운영하기 시작했을 때 가족들은 집 안에서도 혹여나 작은 소리라도 낼까 뒤꿈치를 들고 걸어 다녀야 했다. 집에 찾아오는 손님 시중은 오롯이 어머니 몫이었다. 이점희 선생은 학교에 재직할 때도 월급봉투를 받으면 음악 친구들과 쓴 외상값을 먼저 갚은 후 남은 돈을 생활비로 건넸고 가족들은 그 돈으로 살림을 꾸려야 했다.

이재원 씨는 아버지가 그토록 몰입하는 음악의 실체가 무엇인지 항상 궁금했다고 했다. 선친의 권유로 음악대학에 진학했지만 이 씨는 음악가가 되면 아버지처럼 가족들을 고생시킬 것 같아 교직을 선택했다. 그가 생각한 음악은 가족들의 행복이나 여유로운 삶과는 거리가 먼 것이었기 때문이었다.

이재원 씨는 선친이 갑작스레 세상을 떠난 후, 유품

21

을 정리하면서 아버지가 그렇게 원하던 음악으로 풍요로운 사회가 무엇인지를 다시 생각해 보게 됐다고 했다. 아버지의 혼이 담긴 그것들을 보관해야 할 것 같았다고.

그리고 29년의 세월이 흘렀다. 생전에 손 한번 제대로 잡아보지 못한 아버지였지만, 집 안 곳곳에 남아 있는 흔적들을 보며 어느새 아버지가 가졌던 대구 음악에 대한 애정이 고스란히 자신에게도 이어진 것 같았다. 국제오페라축제가 펼쳐지고, 연일 다양한 음악 공연이 펼쳐지는 요즘의 대구를 보면 이것이 선친이 꿈꾸던 음악도시의 모습인가 싶기도 했다.

그는 화려한 현재에 묻혀서 자신도 모르게 선친의 이름 석 자가 잊힐 것 같아 덜컥 겁이 날 때가 많다고 한다. 그는 풍요롭지는 못해도 그저 음악과 낭만이 있어서 행복해했던 아버지와 그의 음악 친구들, 그리고 그 시대가 이 도시 어디엔가 기록되기를, 그래서 그들의 꿈과 음악이 잊히지 않기를 간절히 바라고 있다.

대구가 품고 있는 이야기 하나

여기 한 장의 포스터가 있다. 파스텔 톤의 색 면을 여러 겹 겹친 화면 위에 빨간색과 파란색, 그리고 검은색 물감을 고루 사용한 글씨가 연주회 정보를 알려주고 있다.

'대구현악회 창립 연주회, 현악합주, 편곡·지휘 이기홍, 특별출연 첼로 김경임, 바이올린 독주, 바이올린 이중협주, 찬조 출연 바리톤 이점희, 피아노 김경환, 일시 6월 2일, 장소 청구대학 대강당, 주최 대구음악가협회, 후원 일간신문사, 능인중·고등학교, 대구청년로타리클럽…'

이 포스터는 대구시립교향악단의 전신, 대구현악회의 창립 공연(1957년 6월 2일) 때 사용된 것이다.

대구현악회 창립을 주도한 이기홍 지휘자의 증언에 따르면, 이 포스터는 당시 능인중학교 동료 교사였던 백태호 화백이 30장을 제작해 준 것이다. 당시 공연 홍보용으로 사용하고 이기홍 지휘자가 소장용으로 간직한 단 한 장이다.

이 포스터를 가만히 들여다보면 궁금한 점이 생긴다. 1957년에 현악합주 연주회를 열었다는 것은 우리 지역에 합주를 할 만큼의 연주자가 있었다는 것을 의미한다. 1950년대가 어떤 시대인가. 해방 후 혼란기를 지나 6·25전쟁이 일어났고 대구는 직접적인 포탄의 피해는 입지 않았지만, 모두가 힘든 시절이었다. 그런 시대에 어떻게 이런 연주회가 가능했을까. 더군다나 바이올린, 첼로, 피아노, 그리고 바리톤 협연까지.

한 사람씩 이름을 짚어가며 의문점을 풀어봤다. 대구현악회를 창단한 이기홍 지휘자는 영천 금호 출신으로 서울대에서 바이올린을 전공했다. 6·25전쟁과 함께 대구로 내려와, 대구로 피란 온 음악가들과 함께 교류하며 음악 활동을 했고, 레슨을 통해 바이올린 연주자들을 길러냈다. 어느 정도 연주자가 모이자, 합주 형태의 공연을 기획했고 여기에 가장 큰 힘을 보탠 사람이 바리톤 이점희 선생이다.

협연자로 이름 올린 이점희 선생은 이기홍 지휘자보다 열한 살이나 많았지만, '음악으로 대구 사회를 치유하자'는 데 뜻을 모은 음악 동지였다. 이점희 선생은 계성학교에서 박태준 선생의 영향으로 음악가의 꿈을 키웠고 계성학교 교사로, 지역 대학의 교수로 활동하며 음악가들을 길러냈다. 대구시립교향악단이 창단된 후 1970년대부터는 오페라운동에 몰입해 대구오페라협회, 대구오페라단을 거쳐 대구시립오페라단 창단을 위해 노력했다.

행사를 주최한 대구음악가협회는 어떤 단체였을까. 이점희 선생을 비롯한 음악인들이 1952년 대구음악연구회를 발족했고, 3회의 발표회를 연 후 1956년 대구음악가협회를 새롭게 조직했다. 당시 시대 분위기는 음악가들이 순수하게 음악만 할 수 없었던 시대였다. 어려운 환경 속에서도 모금을 해서 음악회를 열어 관객을 맞았다. 음악이 가진 힘을 믿었기 때문이었다.

연주회 장소였던 청구대학(영남대학의 전신) 강당은 지금의 노보텔 자리에 있었다. 이곳은 연주회 장소가 부족했던 당대 예술가들에게 소중한 공간이었다. 공연장

이라고는 공회당(현 콘서트하우스)과 키네마극장(현 CGV한
일), 문화장 여관(현 금융결제원 자리) 정도가 전부였던 시
절이었다.

다시 포스터의 이야기로 돌아오자. 백태호 화백의 유
려한 필체로 제작된 이 포스터는 캘리그래피로 제작된
대한민국 최초의 연주회 포스터일 가능성이 높다. 이
포스터의 영향이었을까. 대구현악회 창립 연주회는 크
게 호평을 받아 그해 연말 대구교향악단의 창단을 이
끌어냈고 1964년 대구시립교향악단이 창단됐다.

이제 포스터에 등장한 인물들은 모두 세상을 떠났다.
그런데 2018년 이기홍 지휘자가 세상을 떠남과 동시
에, 안타깝게도 이 포스터의 행방이 묘연해졌다. 이제
는 사진만으로 남아 있기에 이 포스터가 품고 있는 이
야기가 더 소중하다. 더 늦기 전에 그 이야기를 세상 밖
으로 꺼내야겠다.

어떻게 그런 일을 해내셨어요?

"어떻게 그런 일을 해내셨어요?" 필자는 요즘 원로 예술가들을 만나면 이렇게 묻곤 한다. 자칭 '원로 전문가'라며 여러 예술가들의 이력을 줄줄 읊곤 하지만, 요즘처럼 그들의 업적이 놀랍게 되돌아봐질 때는 없었던 것 같다.

문화예술만이 미래 사회를 이끌어 갈 경쟁력이라고 입을 모으지만, 당장 눈에 보이는 성과를 예측하기 어려운 분야가 바로 문화예술이기도 하다. 현장 기획자들은 문화예술 사업을 기획하면서 '기대 효과'를 수치로 계량해야 할 때 특히 막막해진다고 입을 모은다. 그렇다고 해서 성과에 대한 확신이 없는 것은 아닐 텐데, 가끔은 그 가늠하기 힘든 수치 앞에서 자신감이 떨어질 때도 있다.

'문화의 시대'라고 하는 요즘의 실정이 이런데 근대기 예술가들, 그리고 원로예술가들의 활동 시대는 어땠을까. 그들이 지향하는 예술적 가치가 당장 밥 먹여주는 것도 아니었을 텐데, 그 어려운 시절을 어떻게 견뎌냈을까. 근대기 예술가들은 만나 볼 수 없으니, 반갑게도 아직 우리 곁에 남아 있는 원로 예술가들을 만나 우문愚問을 던져본다.

"어떻게 그 시대에 대구시립합창단 창단을 이끌어내셨어요?" 대구시립합창단 장영목 초대 지휘자는 필자의 새삼스러운 질문에 그저 허허 웃어보였다. "합창의 힘을 믿었지요. 그리고 주변에 도와주는 분들이 많았어요." 대구시립무용단 김기전 초대 안무자의 대답도 비슷했다. "춤이 전부였어요. 한 가지 목적만을 향해 달려가니 어느 순간 가까이 와 있더라고요. 물론 뜻을 같이하는 사람들이 있어 가능했던 일이기도 했어요." 이들의 짧은 대답 속에 긴 여운이 느껴지는 것은 왜일까.

1982년 12월 6일 자 매일신문 문화면에는 '대구의 오페라단-음악인의 역량 집결체로'라는 제목의 기사가 큼지막하게 보도되어 있다. 대구오페라단 창단 10주년을 맞아 기획한 이 기사는 '시립' 오페라단 창단의 필요성을 강조하고 있다. 지면에는 인터뷰에 응한 당시 지역 4개 음악대학 학장들(김원경, 김금환, 김진균, 홍춘선)의 사진도 함께 실려 있다.

이처럼 이 땅의 여러 선배 예술가들은 후배들의 안정적인 활동을 돕기 위해서 뜻을 모았다. 기사가 나간 후 10년이 흐른 뒤에야 대구시립오페라단이 창단됐지만, 우리 지역의 예술가들은 후배들이 돈 걱정 없이 예술 활동에만 오롯이 몰입할 수 있는 환경을 만들어주기 위해 노력했다. '시립' 예술단 창단은 그중 대표적인 사례다.

1964년 12월 전국에서 세 번째 시립교향악단으로 이름을 올린 대구시립교향악단이 창단된 것도 1950년대 한국전쟁기 이후 교향악 운동에 힘쓴 예술가들이 있었기 때문이고, 1981년 대구시립합창단과 시립무용단, 1984년 시립국악단이 창단된 것도 1960년대부터 각 분야 예술 활동의 터전을 탄탄히 다진 뒤에 이뤄낸 성과다. 1998년 시립극단이 창단되기까지 연극인들이 기울인 노력은 또 얼마만큼이었던가.

'시립'이라는 수식어를 얻은 예술단체의 사정은 이제 많이 나아졌다. 긴 세월 민간 예술단체를 이끌어온 예술가들의 의지는 더 존경스럽다. 1984년 창단된 영남오페라단을 1994년부터 이어받아 현재까지 이끌고 있는 김귀자 단장, 1991년 전국 최초로 민간 직업 오케스트라로 출발한 대구필하모닉의 박진규 이사장…. 이들뿐만 아니라 수많은 민간 예술단체 대표들은 사재를 털어 단체를 이끌며 그들이 꿈꾸던 예술적 가치를 실현해 왔다.

이 땅을 살아온 수많은 예술가들의 노력의 결실로, 우리는 연중 1천여 회의 공연이 펼쳐지는 시대에 살고 있는 건 아닐까. 우리 곁에 당연히 있는 것 같은 예술가들, 예술단체들, 그리고 수많은 공연들의 의미를 다시 한번 생각해 보자.

새로운 일을 계획하는 사람들에게 원로 예술가로부터 들은 현답賢答을 나눠본다. "당당하라. 인연을 소중히 여겨라. 될 일은 되게 마련이다."

기록과 기억에 대한 책임감

———

　지역 예술단체 창단의 주역에 대해 언급한 신문 칼럼이 나간 뒤, 한 원로 예술인이 전화를 걸어왔다. 그는 "지금까지 그 단체 창단 역사에서 가려진 부분이 있다. 주역이 바로 나였다. 오랜 세월 대구를 떠나 생활하다 보니 대구에 남은 사람에 의해 주관적으로 성과가 정리된 것 같다. 이제라도 바로 알아주길 바란다."고 했다.

　어느 장르든, 예술단체가 만들어지고 수십 년을 이어오는 것이 한두 사람만의 노력으로 가능했을 리는 없다. 그분께 조만간 찾아뵙겠다고 말씀드리고 전화를 끊었다.

　이런 경우는 문화예술단체에만 해당하는 것이 아니

다. 월간 《대구문화》 창간(1985년 12월)에 얽힌 이야기도 많다. 2000년, 필자가 처음 《대구문화》를 맡았을 무렵, 시민회관(현 대구콘서트하우스)에 배부하러 가면 청경 아저씨들이 반기며 책자들을 소중하게 받아 올려 주셨다. 그분들은 매번 "이거 창간했을 때 우리도 같이 (배부)했는데…."라는 말을 항상 덧붙이셨다. 처음에는 반겨주시니 고마운 마음이 들었고 그다음에는 '우리도 같이' 라는 말의 의미를 되짚어보게 됐다.

'같이 했다' 는 사람은 그분들만이 아니었다. 일을 제대로 하려면 '뿌리 찾기' 부터 해야겠다 싶을 정도였다. 그때부터 창간의 주역으로 언급되는 사람들을 모두 찾아가서 만났다. 지금은 세상을 떠난 연극인 이필동 선생님을 비롯해서 언론인 이태수 선생님, 장긍표 당시 시민회관 관장님, 행정가 김선오 선생님, 시립예술단 사무국 권혁문 국장님, 그리고 현재 대구교육박물관을 맡고 계신 김정학 관장님….

그들은 모두 '대구의 문화예술' 을 기록한 이 잡지가 한두 사람의 노력으로 만들어진 것이 아니니, 잘 이어가야 한다는 말을 덧붙이셨다. 제대로 이어가겠냐는 '걱정' 과 잘 이어가 주길 바라는 '당부' 의 마음이 함께 전해졌다.

　어찌 보면 대구 문화예술계에 첫발을 내디뎠던 그때, 이미 수많은 문화예술계 선배님들이 이런 '기록'과 '기억'에 대한 책임감을 지워주셨던 것 같다. 이 글이 어느 예술기획자가 필자에게 "새로운 콘텐츠들이 넘쳐 나는데 굳이 과거를 자꾸 들추고 챙기려 하냐."고 질문한 것에 대한 대답이 될지 모르겠다.

　원고가 급할 때마다 부탁드리면 장르를 가리지 않고 단숨에 글을 써주셨던 고故 이필동 선생은 『대구연극사』를 두 번이나 펴내셨다. 그는 "대구의 연극이 언제까지나 서울 연극의 변방에서 한낱 지방 연극으로만 머물 것이 아니라 자기 색깔을 확보한 특성 있는 지역극으로 자리 잡기 위해서는 하루빨리 대구연극의 뿌리를 찾고 선배들의 업적을 정리하는 것이 무엇보다 중요하다."고 했다.

　일평생 국내외 헌책방을 다니며 자료를 모아 향토문학관에 900여 권을 기증한 고故 윤장근 선생은 생전에 '대구 문화사 최후의 증인'으로 불렸다. 지금의 대구 근대골목에 표기된 주요 지점들은 그의 증언에 따른 것이 많다. 그는 젊은 시절 오상순, 조지훈, 최태웅, 구

상 등 기라성 같은 문인들과 녹향과 르네상스 음악감
상실, 백록과 백조다방 등을 오가며 어울렸고, 그들이
떠난 뒤에는 그들의 흔적을 기록했다. 『대구문단인물
사』를 펴냈고 작고 문인들의 시비 건립에도 앞장섰다.
그는 필자에게 대구와 작은 인연이라도 있는 예술인들
은 반드시 찾아서 기록하고 기려야 한다고 이야기하곤
했다. 작은 인연이라도 먼저 '찜' 하면 그가 바로 대구
사람이 되기 때문이다.

단계별로 장르별 원로 예술인들을 추천받아, 구술 아
카이빙을 하고 그들의 소장 자료를 기증·위탁받을 계
획이다. 또 지역의 연구자들을 위해 지역 문화예술 관
련 잡지와 기록물들을 온라인으로 공개한다. 또 개정
된 문화예술 진흥 조례에 따라 문화예술 기관별 자료
아카이빙을 의무화하고 해당 매뉴얼도 만들어 배포할
계획이다. 크게 팽창한 대구 문화예술계의 역사 정리
는 짧은 기간에, 소수의 노력만으로 가능한 일은 아니
다. 시스템도 필요하지만 개개인의 애정과 관심이 가
장 중요하다. 모두가 주인공이 되는 대구 문화예술아
카이브를 소망한다.

빛바랜 지면에 담긴 찬란한 기록들

연초 서울 출장길에 김달진미술자료박물관에 들러 '한국 미술잡지의 역사전'을 관람했다. 이곳에서는 1910년대부터 2010년대까지 창간된 미술잡지들이 전시되어 있었다. 1917년 나온 《미술과 공예》 1·2호를 비롯해 북한에서 나온 《미술》 등 희귀한 옛 잡지에서부터 최근 잡지까지 다양하게 만나볼 수 있었다. 특집 기사로는 국내 미술계 주요 이슈의 변화를, 게재된 광고들을 통해서는 국내 기업의 변천과 시각 디자인의 변화를 엿볼 수 있어 흥미로웠다.

잡지에는 발행처와 출판물의 성격에 따라 다양한 내용의 글이 실린다. 수십 년이 된 잡지를 한자리에 모아보면 시대의 흐름을 한눈에 살펴볼 수 있다. 특히 문화예술 잡지는 각 장르의 역사를 가장 잘 보여주는 사료다. 잡지의 광고를 통해서는 해당 잡지를 후원한 기업이나 단체의 역사도 살펴볼 수 있다.

대구의 경우는 어떨까. 광복 이후 대구에는 《죽순竹筍》이라는 문학잡지가 있었다. 죽순시인구락부가 1946년 5월 창간한 《죽순》은 광복 이후 발간된 최초의 문학 동인지다. 대구에서 창간됐지만, 전국의 시인들이 집필에 참여하면서 높은 위상을 자랑하기도 했다. 박목월 시인의 추천으로 청록파의 박두진, 조지훈 시인도 작품을 발표했고, 김춘수, 신동집, 이응창, 이효상 등 유명한 문인들이 참여했다. 《죽순》 제8집에는 달성공원에 있는 우리나라 최초의 시비인 상화시비의 건립 과정과 사진자료가 담겨 있다. 《죽순》을 통해 해방 이후 대구 문단의 굵직한 역사를 돌아볼 수 있다. 《죽순》 잡지들은 대구문학관에 보관되어 있다.

또 대구가 '6·25전쟁 속에서도 음악소리가 이어지던 도시'였다는 기록은 미국 음악잡지 《에튜드》 1953년 10월 호에서 찾아볼 수 있다. 6·25전쟁에 참전한 미군 병사가 쓴 기사 내용과 사진을 통해, 당시 대구 중구 향촌동에서 운영되던 클래식 음악감상실 '르네상스'의 분위기를 살펴볼 수 있다. 이 기사에는 "전쟁으로 황폐해진 한국에서 진지한 음악의 잔재라 할 만한 거의 모든 것이 여기에 남아 있다."는 표현까지 등장한다. 기사가 실린《에튜드》잡지는 대구음악협회가 2018년 여름, 인터넷 경매를 통해 확보해 보관 중이다.

대구에서 발행된 종합 문화예술 잡지의 역사는 그리 길지 않다. 1981년 대구시가 직할시로 승격함과 동시에 대구예총이 출범했다. 예술 장르별 10개 지회가 본격적으로 활동을 시작하면서, 대구예총이《대구예술》을 정기적으로 발행하기 시작했다.《대구예술》은 창간 초기 연간으로 발행되다가 1991년부터 월간으로 바뀌었고, 1999년 이후 폐간과 복간을 거듭하다가 2010년부터 계간지로 현재까지 이어져오고 있다.《대구예술》을 한자리에 모아보면 1980년대부터 현재까지 대구예총과 10개 지회의 역사와 작고 예술인들의 기록들을 찾아볼 수 있을 것이다. 1980년대 이전의 지역 예술사와 관련된 기록들도 상당히 있을 것으로 추측된다.

그런데 안타깝게도 1980년대《대구예술》이 거의 유실됐다. 1990년대《대구예술》도 거의 유실됐다가, 최근 지역의 한 미술평론가가 개인적으로 보관하던 것을 대구시와 대구예총에 공유하기로 결정하면서 부족한 호가 상당 부분 메워졌다.

1985년 12월부터 대구시가 발행해 온 월간 문화예술 정보 잡지《대구문화》는 결호 없이 이어져왔고, 다행히 한 권도 빠짐없이 보관돼 있다. 2017년부터 종이 책자 외에 디지털 아카이브를 통해서도 서비스되고 있다.《대구문화》와 함께《대구예술》잡지가 한데 모여 디지털 아카이브로 구축·서비스되면 지역의 문화예술 연구자들에게 반가운 소식이 될 것이다.

최근 몇몇 원로예술인들에게 수소문한 결과, 1980년대《대구예술》3권을 찾았다. 대구예총과 함께 빠른 시일 내에 캠페인을 벌여《대구예술》결호를 모을 계획이다.《대구예술》이 다 모이면, 민간에서 발행된 다른 잡지들도 수집할 계획이다. 대구가 남긴 '찬란한 예술의 기억'을 간직한 잡지들, 그렇지만 어느새 숨 가쁜 사회가 흘리고 간 유산이 되어버린 문화예술 잡지들이 온기와 새 생명을 얻을 수 있기를 소망한다.

위기를 바라보는 또 하나의 시선

자꾸 뭔가를 사고 있다. 일부 과장된 언론 기사와는 달리 동네 마트에 물건들은 그대로 있고, 냉장고 파먹기만 해도 한 달은 거뜬히 살 수 있을 텐데 왜 자꾸 뭔가를 사게 될까. 불안하다. 지금 우리의 일상이, 예전 그대로의 일상이 아니라는 걸 받아들이기 힘든 시간들이다.

미국에 있는 친구는 봉준호 감독의 수상 소식에 한국인임이 자랑스럽다고 한 게 언제인데, 고향 대구가 바이러스가 창궐한 도시로 전해지고 있어 속상하다며 안부를 물어온다. 지금 할 수 있는 말은 "우리는 잘 있다.", "잘 이겨낼 것이다." 밖에 없다.

지역 문화계에서도 공연이 모조리 취소됐고 전시장

에 이미 내걸린 작품들도 관람객들과 만나지 못하고 있다. 일부 민간 화랑을 제외하고는 대부분 문을 닫았다. 상황이 이러하니 지난 35년간 문화예술 행사 정보를 전달해 온 《대구문화》의 3월 호는 공연 행사를 단 하나도 소개하지 못한 채 발간될 예정이다. 유례가 없었던 일이다.

그만큼 예술인들의 생계도 더 어려워졌다. 모두들 날카로워져 있는 지금으로서는 건강과 생존이 위태로운 시기에 무슨 문화예술이냐고 되물을 수 있기에 힘듦을 호소할 곳도 없다. 어서 빨리 시간이 흘러 지금 '현재'가 다양한 에피소드와 함께 회상할 수 있는 '과거'가 되길 바라볼 따름이다.

이럴 때 인생 선배, 문화예술계 선배들에게 조언을 구해 본다. 지역 문화예술계에서 수십 년 이상 활동해 온 사람들은 다양한 위기 상황을 어떻게 이겨냈을까.

지역에서 30년 이상 예술 단체를 이끌어 온 한 예술인은 "위기가 아닌 적이 없었다."고 했다. 예술가로서 오롯이 한길을 걸어가기도 쉽지 않지만, 예술 단체 혹은 문화 공간을 이끌고 유지하는 일은 더 어렵다. 개인 활동과는 달리, 단체가 어려움에 처하면 여러 사람이 함께 힘들어질 수 있기 때문에 위기의 무게감이 더 크다.

39년간 화랑을 운영해 온 동원화랑의 손동환 대표는 인생에서 위기를 만났을 때, 초조하거나 불안한 마음이 들어오지 않는지를 늘 살펴보라고 권했다. 조급한 마음은 눈앞을 쉬이 가리기 때문이다. 평생을 예술 현장에서 뛰어다니다 몇 해 전 우리 곁을 떠난 고故 박남희 경북대 미대 교수는 작업 재료를 사러 나갈 수 없을 만큼 육체적으로 힘들었던 시절, 선물 포장지와 주변의 종이를 모아 붙이다 보니 새로운 형식의 콜라주 작업을 실험하게 됐다고 했다.

사진가 강위원 선생은 지금껏 크고 작은 위기가 있었지만, 위기 때문에 무언가가 잘못되리라 생각한 적은 없었다고 했다. 눈앞에 닥친 시련이 좋은 일을 가져다줄 사인이라는 긍정적인 태도가 그의 해결 방법이었다.

"위기를 위기로 느낀 적이 없었다."는 영남오페라단 김귀자 예술감독은 사회가 어려울수록 예술 작품이 위로가 될 수 있다는 확신을 가지고 있다고 했다. 그는 위기일수록 위축되지 말고, 자신감을 가지라고 조언했다. 지역에서 가장 오래 소극장을 이끌어 온 극단 예전의 김태석 예술감독은 위기의 순간마다 자신을 믿고 밀어 주는 든든한 사람들이 있었다고 했다.

한국무용가 백년욱 선생은 "모든 시간과 상황이 어려웠지만 그 기다림의 시간을 자기 수양과 성장의 기회로 삼았다."고 했다. "매 순간이 어려웠다."는 대구필하모닉오케스트라 박진규 단장은 음악에 대한 사랑과 사람에 대한 애착, 가족의 이해와 도움이 자신을 이끌어 준 원동력이었다고 회고했다.

최근 지역의 한 첼리스트는 지역민을 위로하는 첼로 연주 동영상을 찍어 자신의 SNS 계정에 올렸다. 한 광고업체는 '대구시민의 힘을 믿습니다, 힘내라 대구' 동영상을 제작 공개했다. 개인이 어떤 행동이나 선택을 쉬이 할 수 없는 시간들, 사람들은 또 이렇게 각자의 몫을 찾아가고 있다.

동원화랑 손 대표의 말이 시민들에게 위로가 되기를 바란다. "파도가 없으면 바다의 생명이 없다고 하지요. 인생의 위기도 그렇다고 봐요. 파도를 극복하는 특별한 방법이라는 게 있을까요. 마음을 어떻게 먹고 보느냐에 따라 용기가 불쑥 생기기도 하고, 푹 주저앉게도 되잖습니까. 위기도 마음의 일입니다."

달구벌 환상곡

작곡가 임우상 선생님의 〈달구벌 환상곡〉을 처음 들은 것은 2000년 여름이었다. 문화예술 잡지 제작을 맡고 얼마 되지 않아, 연주회라는 연주회는 다 찾아다니며 공부할 때였다. 짧은 귀에 곡의 느낌을 구체적으로 표현할 순 없었지만 '대구의 작곡가가 대구를 노래한 곡'이 있다는 사실이 신기했고 왠지 모르게 자랑스러웠다.

〈달구벌 환상곡〉은 합창과 독창이 포함된 3관 편성의 관현악곡으로 대구시립교향악단과 대구시립합창단이 1999년 초연했다. 임우상 선생님은 이 곡으로 1999년 제18회 대한민국작곡상 최우수상을 받았다. 선생님은 대구의 전체적인 인상을 담기 위해 많은 노력을 기울인 작품이고, 그만큼 개인적으로 가장 애착을 가지고 있는 곡이라고 밝히기도 했다. 이 곡은 2019년 대구 문화예술회관 팔공홀 재개관 기념 공연 때도 연주됐다.

서양음악이 대구에 처음 도입된 이후, 수많은 음악인들의 노력이 있었기에 대구가 유네스코 창의도시 네트워크에 음악으로 이름을 올릴 수 있었다. 그렇지만 대구의 근현대 음악인 중 필자에게 가장 가깝게 다가오는 사람은 바로 작곡가 임우상 선생님이다.

1935년생인 임우상 선생님은 2000년 계명대 음대 교수직에서 정년퇴임한 이후, 근래까지 작고 음악인 기념사업, 원로음악가회 활동, 아마추어 합창단 지도 등 대구음악계를 위한 크고 작은 노력을 이어왔다. 향토 출신 작곡가 박태준과 현제명 등을 기리는 사업도 상당수 선생님의 주도로 진행됐다.

"작곡은 작곡자의 정신이 악보로 창조되는 것"이라는 평소의 지론대로 그는 우리 전통 민요나 민속적인 선율을 바탕으로 현대적 작곡 기법을 융화시킨 〈향鄕〉 시리즈로 9개의 작품을 발표했다. 그의 작품을 정리해 보면 독주곡 및 실내악곡이 43곡, 관현악곡 4곡, 합창곡 28곡, 가곡 120곡, 환경노래 36곡 등이다.

필자에게 아카이브의 중요성을 처음 일깨워 준 사람도 임우상 선생님이었다. 그는 우리 지역에 제대로 된 기록문화가 없다는 사실을 늘 안타까워했다. 특히 2008년에는 선생님이 직접 주도해서 지역 원로 작곡가들의 육성을 녹음했고, 2009년에는 70세 이상 원로음악가 13명의 증언을 비디오 자료로 남겼다. 그들 중 일부는 지금 세상을 떠났으니, 그의 작업이 더 소중하게 평가된다.

필자가 문화예술 잡지를 만들면서 향토 음악가에 대한 정보가 필요할 때마다 다급하게 수화기를 들어 찾게 되는 사람도 바로 임우상 선생님이다. 그는 그게 어떤 내용이든, 막힘없이, 그리고 객관적으로 답해주시곤 했다. 그러기에 올해 대구문화예술아카이브 사업을 본격적으로 시작하게 되면, 가장 먼저 찾아가 자문과 자료 제공을 부탁드릴 계획이다.

그런데 선생님이 며칠 전 전화를 걸어오셨다. 올해부터 음악 관련 강의와 합창단 지도 등 거의 모든 대외 활동을 그만뒀으며, 연내 거주지를 옮길 계획이니 필요한 자료를 가지고 가라는 것이 통화의 요지였다. 혹시나 건강에 문제가 생기셨나 싶어 가슴이 철렁했다. 선생님은 다행히 건강에는 문제가 없으나, 이제 주변을 하나씩 정리해야 할 때라고 말씀하셨다. 아파트 생활을 정리하고 공기 좋고 조용한 곳으로 집을 옮기신다고 했다.

선생님께 올해 대구문화예술아카이브 사업에서 반드시 향토 작곡가들의 곡과 음반을 꼭 챙겨서 수집하겠다고 약속드렸다. 코로나19가 좀 잦아들면 찾아뵙겠다고 말씀드리고 전화를 끊었지만 왠지 모르게 한동안 마음 한쪽이 아려왔다. 그리고 캐비닛을 열어 그의 〈달구벌 환상곡〉 음반을 꺼내 들었다.

관악기와 타악기의 웅장한 선율로 울려 퍼지는 〈달구벌 팡파레〉로 시작해, 안개 낀 들판의 조용한 분위기를 알리는 제1악장, 그리고 팔공산과 낙동강을 연상시키는 제2악장, 대구의 중심부인 동성로와 약령시장, 그리고 서문시장의 활기가 느껴지는 제3악장, 다시 희망찬 대구의 미래를 노래하는 제4악장….

선생님이 직접 대구의 이곳저곳을 다니며 받은 영감을 토대로 만든 곡답게 역동적이면서도 밝은 도시의

모습이 고스란히 느껴진다. 바이러스가 앗아가 버린,
우리가 되찾아야 할 대구의 일상은 〈달구벌 환상곡〉의
악상처럼 자유롭고 희망적인 것이다.

예술로 행동한 대구의 예술가들

2020년 봄, 서울에서 열린 4·19혁명 60주년 기념식에서 '상록수 2020' 뮤직비디오가 공개됐다. "코로나19와 싸우고 있는 전 세계 의료진에게 헌정한다."라는 자막과 함께 시작된 이 뮤직비디오에는 강산에, 이은미, 홍진영 등 30여 명의 가수가 참여했다. 영상 후반부에 정은경 중앙방역대책본부장의 "보건의료인들의 헌신과 방역에 협조해 주신 국민 여러분께 경의를 표합니다."라는 음성이 깜짝 등장해 더 화제를 모았다.

국가보훈처는 "이 영상은 60년 전 민주주의 위기를 극복했던 그날처럼 모든 국민이 함께 코로나19 위기를 극복하자는 메시지를 담았다."고 밝혔다. 굳이 이런 설명이 없었더라도 어떤 연설문보다 한 장의 사진이나 그림, 노래 한 곡이 더 큰 메시지와 감동을 전해 준다는 걸 다시 한번 깨닫게 해 준 영상이었다.

지금은 코로나19 확진자 숫자가 줄어들고 있어 희망이라도 보이지만, 대구의 상황은 심각했다. 많은 사람들이 고통받았지만, 문화예술 행사가 줄줄이 취소되면서 예술인들은 아무것도 할 수 없음에 힘들어했다. 생존의 위협 앞에서 문화예술의 가치를 설명하거나 주장할 틈조차도 없어 더 절망스러웠다.

모든 것이 꽁꽁 얼어붙어 있었던 그때, 대구의 예술인들이 조용히 일어나기 시작했다. 대구에서 활동하는 뮤지컬 배우, 인디밴드, 성악가, 연주자 등 60여 명이 참여해 뮤직비디오 '대구 문화예술인 하나 되어 어게인'을 제작·공개한 것이다. 영상 속 예술인들은 텅 빈 달서구 코오롱야외음악당, 수성구 대구스타디움, 중구 국채보상운동기념공원 등에서 힘차게 노래하고 악기를 연주했다. 코로나19가 발생하지 않았다면 봄을 맞아 각종 공연이 활발하게 진행됐을 장소다. 프리랜서 예술인들이 자발적으로 재능기부로 출연하고 제작해 이 도시에 울려 퍼진 '하나 되어'는 예술이 가진 '치유'와 '희망'의 힘을 보여줬다.

시간을 거슬러 4·19혁명이 일어났던 1960년 대구로 돌아가 보자. 1960년 2월, 3·15 대통령 선거를 앞두고 장기 집권을 위해 불법적인 수단을 총동원하고 있던 자유당 정권은, 야당의 유세장에 청중이 몰리는 것을 방해하려 대구 시내 8개 공립학교에 일요일에 등교하라는 지시를 내렸다. 일요 등교 방침에 항의하던 학생들은 2월 27일 결의문을 작성하고 28일, 가두시위를 시작했다. 학생들의 용기에 힘을 얻은 대구 지역 언론은 '2·28민주운동'을 크게 보도했고 전국적인 학생운동으로 이어졌다. 학생들에 의해 시작된 2·28민주운동은 3·15의거, 4·19혁명의 기폭제가 되었다.

같은 시기 매일 저녁 향촌동에 모여 술잔을 기울이며 예술과 사회를 이야기하던 대구의 예술인들도 어떻게든 행동해야 한다는 데 뜻을 모았다. 당시 대구관현악단(대구시향의 전신)을 이끌던 이기홍 지휘자를 필두로 각 분야 예술인들이 모였다. 6·25전쟁 직후부터 시작한 교향악 운동을 이어 대구시립교향악단 창단을 위해 노력하던 때였다. 이들은 전국에서 처음으로 4·19혁명 기념 음악회를 기획했다.

대구관현악단은 그해 7월 19일 3회에 걸쳐 계성학교

대강당에서 4·19 기념음악회를 열었다. 준비 기간 동안 대구의 시인들이 시를 짓고 음악인들이 곡을 붙였다. 참가 시인은 신동집, 전상렬, 박훈산, 김장수, 서정희, 이민영 등이며, 이들의 시에 하대웅, 안종배, 박기환, 백남영, 이기홍이 곡을 붙이고 신경진, 남정희, 백남영, 신경홍이 노래했다. 신동집의 〈빛나던 사월〉, 전상렬의 〈하늘이 안다〉, 박훈산의 〈민주전사〉, 김장수의 〈아- 4·19〉, 서정희의 〈사월은 진달래〉, 이민영의 〈사월의 꽃〉 등이 이날 연주된 곡들이다.

특이한 것은 1960년 음악회를 녹음한 SP음반이 제작됐다는 점이다. 이름이 알려지지 않은 한 시인이 보관하고 있던 음반 한 장을 서울의 수집가가 소장하게 되면서 존재가 알려졌다. 음반의 존재와 4·19 기념음악회 프로그램은 TBC대구방송 김도휘 아나운서가 라디오 다큐멘터리를 기획하면서 알려지기 시작했다. 김도휘 아나운서는 지난 2017년 대구 음악가들의 4·19 기념음악회를 재현해서 무대에 올리기도 했다. 이런 특별한 한 사람의 노력 덕분에, 우리는 예술로 행동한 대구 예술가들의 정신을 기억할 수 있다.

카잘스와 번스타인이 응원한 대구

"대구교향악단 창단을 진심으로 축하한다. 이 단체는 한국에 있는 음악가들, 음악 애호가들을 비롯해 일반 사람들 모두에게 행복과 문화적 충만함을 가져다줄 것으로 확신한다. 음악은 시대를 가리지 않고 어디에서나 소통되는 신비로운 언어이며, 모든 사람의 영혼을 위로하는 신의 선물임을 믿는다." 첼리스트 파블로 카잘스(1876~1973)가 대구방송교향악단(대구시향의 전신) 창단 연주회를 축하하며 보낸 편지의 일부다. 1963년 2월 28일, 대구시향 창단을 한 해 앞둔 때였다. 1960년대 초반, 6·25전쟁이 끝난 지 10년도 채 되지 않았던 시기에 교향악단이 창단되고, 세계적인 음악가가 축하 편지까지 보냈다. 도대체 그때 무슨 일이 있었던 걸까.

이기홍(1926~2018) 지휘자를 비롯한 음악가들은 6·25 전쟁 직후부터 교향악 운동에 뛰어들었다. 음악으로 사회를 풍요롭게 만들 수 있다는 확신이 있었기 때문이다. 1957년 대구현악회를 창단하고 뒤이어 대구교향악단, 대구관현악단 등으로 변모시켰지만, 항상 자금난에 허덕여야 했다. 안정적으로 공연할 수 있는 단체로 자리 잡게 하려면 사람들의 관심을 더 모아야 했다. 우선 대구방송국(KBS대구방송의 전신) 사장을 설득해 후원을 받는 데는 성공했지만, 더 노력해야 했다. 이들이 생각한 방법은 세계적인 음악가들에게 도움을 요청하는 것이었다.

우편 상황이 좋았을 리 없는데도 세계 무대에 이름난 음악가들의 연락처를 일일이 찾아 대구방송교향악단 창단 소식을 알렸다. 음악에 대한 열정만으로 뭉친 이들의 진심이 국경을 넘어서도 통했던 것일까. '그들'이 일제히 회답해왔다. 명지휘자 레너드 번스타인, 피에르 몽퇴, 유진 오르만디, 스토코프스키, 피아니스트 루빈스타인, 첼리스트 카잘스 등이 그들이다. 대부분의 음악가들이 짧은 축하 전보를 보내왔지만, 카잘스는 특별히 한 장 분량의 편지를 친필 사인까지 해서 보냈다.

세계적으로 이름난 80대 후반의 첼리스트가 아시아의 작은 나라, 작은 도시의 오케스트라 창단 소식에 상당한 분량의 편지를 보낸 까닭은 무엇일까. 그것도 공연 날짜에 맞춰서 편지가 도착하지 못할 것을 걱정하는 문구까지 덧붙여서 말이다. 살펴보면 카잘스의 이름 앞에는 항상 '휴머니즘'이라는 수식어가 따른다. 카잘스의 조국은 에스파냐 왕정의 통치 아래 있었지만, 고유한 언어와 문화를 가지고 부단히 독립을 위해 투쟁했던 카탈루냐. 약소민족의 일원으로서 치열하게 생존을 고민해야 하는 삶을 온몸으로 겪은 카잘스에게, 일제강점기를 거쳐 6·25전쟁과 남북 분단이라는 현실의 무게를 짊어지고 있던 한국의 음악가들이 보낸 SOS는 특별한 것이었을지도 모른다.

카잘스의 편지는 대구방송교향악단 창단 연주회가 끝나고 한 달가량 뒤에야 도착했지만, 그 편지를 받은 대구 음악가들은 자신들의 선택에 더 확신을 가질 수 있었다. 전쟁의 상처, 그리고 한국사회가 처한 현실의 여러 어려움을 이겨내는 데 음악의 힘, 예술의 힘이 반드시 필요하다는 믿음 말이다.

이기홍 지휘자는 생전에 필자와의 인터뷰에서 "세상의 모든 일은 하루아침에 변하는 게 아니다. 숙원이 이루어져야만 그 가치가 높다. 현재 대구의 음악계는 교향악 운동을 하면서 오로지 음악 발전을 위해 헌신한 수많은 음악인들의 영혼이 깃들어 있다. 이는 특정인을 위한 것이 아니라, 우리 모두를 위한 것이었다."고 말했다. 이 지휘자는 어려운 시기 자신들을 응원해 준 예술가들의 메시지를 세상을 떠날 때까지 소중히 간직하고 있었다. 그의 서재 깊숙이 들어있던 그들의 편지가 세상 밖으로 나왔다. 그의 가족이 유품 중 일부를 대구시에 기증했기 때문이다. '모두를 위한' 예술에 평생을 바친 선생의 뜻을 기리는 방법을 가장 잘 알고 있었기 때문이리라.

"예술가는 특별한 책임감을 가지고 있다. 왜냐하면 그는 특별한 감수성과 지각력을 가지고 태어났으며, 다른 사람들의 목소리가 들리지 않을 때도 예술가의 목소리는 전달될 수 있기 때문이다."라는 카잘스의 말처럼, 이기홍 선생을 비롯한 이 땅의 예술가들은 보다 '특별한 책임감'을 가지고 생을 살아오신 것 같다. 이제 우리는 그 정신을 기억해야 할 의무가 있다.

우리가 그의 이름을 기억해야 하는 이유

코로나19가 문화예술계에서도 끝없는 화두다. 사회적 거리두기가 불러온 온라인 공연·전시로 인해, '관객 수'가 어느새 '접속자 수'라는 단어로 바뀌고 있다. 문화예술계 곳곳에서 시도하고 있는 이런 형태의 소통 방법이 과연 코로나19가 앞당긴 미래의 모습인가. 문화예술의 쓸모에 대한 고민이 끝없는 이때, 한 사람의 이름이 떠오른다. '이 부분에 대해 잘 써 주실 텐데, 진단을 잘 해주실 분인데….' 그는 이처럼 항상 급할 때 떠오르는 사람이었다. 그는 바로 이필동(1944~2008) 선생님이다.

2008년 5월 초, 그와의 약속이 있었다. 약속일을 며칠 앞두고 그는 다리와 허리 통증으로 병원을 찾았다가 정밀 검진 권유를 받았던 것 같다. "병원에서 검진을 좀 상세하게 받아야 하니 다음에 만나자."는 전화를 걸어온 것이 그와의 마지막 통화였다. 그는 폐암으로 두 달 남짓 짧은 투병생활을 하고 세상을 떠났다.

그 이후 서울을 비롯해 다른 지역 연극인들을 만나면 '아성이 없으니 대구 갈 일이 없다'고 말하곤 했다. 그의 예명 '아성雅聲'을 전국 연극계에서도 모르는 사람이 없을 정도로 명성이 높았기 때문이다. 그런데 어느새 대구에서도 '아성'의 이름을 들을 일이 거의 없어졌다.

대구 예술사를 정리하려면 더 늦기 전에 '그' 이름을 기억해야 하기에, 그가 생전에 부인과 함께 살았던 자택을 방문했다. 십수 년 만이었다. '그'만 그곳에 없었을 뿐, 모든 것이 그대로였다. 수집한 책과 잡지들 그리고 하나하나 메모를 곁들여 보관한 공연 사진과 팸플릿까지…. 아직도 흔적이 그대로 남아 있는 물건들을 보며 다시 그를 떠올렸다.

이필동 선생님은 경북고 재학시절이던 1961년, 차범석 작 '밀주'에 배우로 출연하면서 연극계에 발을 들여놓았다. 고등학교 졸업과 동시에 서라벌 예술대학(현 중앙대)으로 진학해 연기공부에 매달렸다. 이후 대구로 내려와 40여 년간 배우로, 연출자로 향토 연극계를 일구고 지켰다. 그의 이력을 돌이켜 보면, 대구 연극을 위해 살아온 삶 그 자체란 말 외에는 달리 표현할 방법이 없다.

그는 1967년 극단 인간무대를 창단했고 극단 공간을 거쳐 극단 원각사를 창단해 활발한 연극 활동을 펼쳤다. 1982년에는 누리예술극장을 개관하여 소극장 운동의 터를 다져놓기도 했다. 또 자신의 연극관을 바탕으로 한 연극 입문서 『무대예술입문』을 1983년 발간했고, 1995년에는 『대구연극사』를 발간하여 대구 연극의 맥을 보여주었다. 연극뿐만 아니라 대구예술 전반에 걸친 사료 정리가 제대로 되어 있지 않았을 때, 그의 『대구연극사』로 인해 대구 연극인들의 활동은 한국 연극이라는 큰 줄기 아래에 체계적으로 정리되었다. 그리고 10년 후인 2005년에는 수정판으로 『새로 쓴 대구연극사』를 펴냈다.

두 번이나 집필한 『대구연극사』를 봐도 알 수 있듯 선생님은 현장 연극 작업 중에서도 항상 탐구하는 자세를 지켰다. 그는 실질적으로 이론과 실기를 겸하는 한국의 몇 안 되는 현장연출가였다. 그 밑바탕에는 항상 책을 가까이하는 습관이 있었다. 대구에 연극박물관이 필요하다면서 생활비를 쪼개 수천 권의 연극 관련 책자와 자료들을 수집했다.

그는 책과 잡지, 신문 등 활자매체로 된 자료 수집에 관심이 많았다. 수십 년에 걸쳐 신문, 잡지 창간호를 수집했다. 인쇄매체가 사라질 것이라는 예상에 대해 그는 "텔레비전과 영화가 등장했을 때, 연극이 역사 속으로 사라질 것이라 예상했지만 현재는 함께 공존하며 살아남아 있듯, 인터넷을 통해 지식을 공급받지만 진짜 지식은 책을 통해 남게 된다."며 인쇄매체의 생명력을 확신하곤 했다.

그는 일평생 연극뿐만 아니라 예술계 수많은 사람들과 교류했고 여러 형태의 문화운동에도 힘썼다. 이필동 선생님은 《대구문화》 기고를 통해 '예술은 이미 죽고 예술가만 목숨을 연명하게 되는 상태'를 지적하며 "예술은 짧고 인생은 길다"고 강조한 바 있다. 그 글의 함의를 모르는 바 아니나, 선생님이 떠난 지금은 그의 인생이 너무나 짧았던 것이 안타까울 따름이다.

선생님이 계시지 않는 '부재의 공간'에서 선생님의 '존재를 증명'하는 여러 가지 자료를 기증받기로 했다. 아이러니하지만, 선생님의 발자취가 흩어지지 않고 한데 모이는 것만으로 큰 의미가 있다. 한 사람 한 사람의 자취가 모이는 곳이 바로 대구문화예술아카이브가 자리할 그곳이다.

음악은 건축과 같은 것

최근 들어 2주에 한 번 정도 작곡가 우종억(1931~) 선생님의 자택을 찾고 있다. 선생님의 1940년대 학창 시절부터 최근의 음악 활동에 이르기까지 앨범, 악보, 각종 책과 자료들을 조금씩 나눠 정리하고 있다. 선생님은 스스로의 음악 활동 자료는 물론, 다른 연주자의 공연 기록들도 잘 간직하고 계신다. 1950년 군악대에 입대할 때부터 계산해도 음악 활동 경력이 70년에 이르니, 선생님의 걸음걸음이 바로 대구 음악의 역사이기도 하다.

군악대 연주 사진, 1960년대 이후 시립교향악단 관련 자료에서부터, 필자가 애타게 찾던 대구시민회관(현 대구콘서트하우스) 개관 기념 공연(1975년 10월 5일) 팸플릿과 초대장도 선생님의 앨범 속에 들어 있었다. 그 외에는 오래된 수첩들이 눈에 띄어 한 장씩 넘겨봤다. 선생님이 악상을 메모한 것들과 신문 스크랩들이었다.

'음악을 머리로 하지 말고 가슴으로 하라', '예술가가 사회에 기여하는 방법', '작곡은 건축과 같은 것. 설계가 탄탄해야 좋은 곡을 쓸 수 있다. 설계가 잘못된 건축물이 쉽게 무너질 수 있듯 구상이 잘못된 곡은 제대로 연주되지 못한다' …. 선생님이 홀로 계실 때 어떤 생각을 하셨는지 조심스럽게 엿보고 나니 가슴이 두근거렸다. 팔순에도 오페라 곡을 발표할 정도로 왕성한 활동을 하신 저력이 이런 데 있었구나 싶었다.

1900년대 초 대구에 서양음악이 도입된 후 박태준, 현제명, 김진균, 하대응 등이 서양 음악 작곡의 토대를 닦았지만 이들의 곡은 가곡 위주였다. 가곡뿐만 아니라 기악과 관현악, 합창곡을 넘어 교향곡과 오페라까지 작곡한 사람은 우종억 선생님이 최초다. 우종억 선생님의 곡은 국내를 비롯해 일본, 미국, 호주, 폴란드, 독일, 러시아 등지에서 많은 교향악단에 의해 연주되고 있다.

우종억 선생님은 고등학교 졸업 무렵 6·25전쟁이 발발하면서 육군 군악대에 입대했다. 고등학교 악대부에서 트럼펫 연주를 했던 것이 바탕이 됐다. 1955년까지만 5년간 군악대에서 트럼펫 연주자로 활동하며 김인배(KBS교향악단 초대 단장), 이재옥(전 서울대 교수) 등 한국 음악계의 토대를 닦은 음악가들과 함께 생활했다. 군악대 활동을 하면서 화성법을 틈틈이 배워 행진곡을 작곡했다. 그는 군 시절, 자신이 창작한 곡이 무대에서 객석으로 울려 퍼질 때의 감동이 평생 잊지 못하는 기억으로 자리 잡았다고 했다.

대학 재학 중이던 1957년, 대구시립교향악단의 전신인 대구교향악단 창단 멤버가 되어 활동을 시작했고 1961년 계명대 종교음악과로 편입을 결정, 정식으로 작곡을 전공했다. 1964년에는 대구시립교향악단 창단 멤버로 이름을 올렸다. 약 20년간 트럼펫 주자로 활약했고 1970년부터 16년간 대구시향 부지휘자를 거쳐 상임지휘자를 지냈다. 계명대 음대에서 1997년 정년 때까지 후학을 기르면서 지역 음악계 여러 분야에서 초석을 놓았다.

한국지휘연구회를 창설했고 계명대에 국내 최초로

지휘전공 과정을 신설했다. 작곡 분야에서도 굵직한 걸음을 걸었다. 1990년 영남작곡가협회를 창립했고 1991년에는 영남국제현대음악제를 창설했다. 2002년에는 세계 음악사에 동양 음악의 자리를 굳건히 구축하겠다는 취지를 내걸고 동아시아작곡가협회를 창립했다. 같은 해 동아시아 국제현대음악제도 창설했다.

"우리나라 연주자들의 수준은 세계 정상급에 올랐다고 봐요. 이제는 창작에 힘을 쏟아야 해요. 음악 발전에 한 획을 긋겠다는 뚜렷한 목표 의식이 필요합니다." 늘 창작곡의 중요성을 강조해 온 그는 대구시향 상임지휘자로 활동할 때, 정기공연 레퍼토리 선정을 위해 창작곡을 공모했다. 이 일은 대구 음악사에서 획기적인 일로 기록되어 있다. 창작곡 공모는 신진 작곡가들에게 창작곡 발표의 기회를 열어주는 일이기 때문이었다. 임주섭(영남대 작곡과 교수), 박기섭(대구교대 작곡과 교수) 등이 당시 창작곡 공모에서 발굴된 작곡가들로 현재 지역 작곡계를 주도하는 사람들이다.

선생님의 제자인 작곡가 권은실 씨는 "선생님은 제자들에게 항상 '너거 책 좀 읽나? 너거 왜 음악을 하노?' 라는 질문을 던지셨다."고 했다. 간단하지만 묵직한 그 질문은 제자들이 음악 활동을 할 때 늘 되새기게 되는 말이 됐다. 온몸으로 대구 음악사를 써온 우종억 선생님이 빚어내 온 수많은 스토리들이 이제 대구시 문화예술아카이브에 정리되고 있다. 이제 선생님의 삶이 미래의 음악인들과 만날 수 있도록 연결할 일만 남았다.

예술가의 아내

"우리 선생님 오늘 잘 말씀하셨나 궁금하네요. 요즘 컨디션이 안 좋으신데 알아서 잘 좀 정리해 주세요." 작곡가 우종억 선생님의 부인은 자택을 자주 드나드는 필자에게 늘 이런저런 당부의 말씀을 덧붙이시곤 한다. 필자와 만나는 스케줄 정리에서부터 혹시라도 빠뜨린 자료가 있어 전화드리면 잘 찾아서 전달해 주신다. 원로 예술인과 작고 예술인의 집을 자주 찾다 보니 가족들과 이야기를 나눌 기회가 많다. 특히 남성 예술인의 경우, 오랜 세월 예술 활동 뒷바라지를 하신 부인들에게서 이런저런 후일담을 듣다가 함께 울고 웃을 때가 적지 않다.

우 선생님의 부인은 "대구시향의 위상을 서울에 알

려야 한다고 사재까지 털어서 가져가셨어요. 1980년대에 단원 수십 명 데리고 서울 공연 가는 게 어디 말처럼 쉬웠겠어요. 말도 못 해. 내가 이런데, 이기홍 선생님 부인은 더 힘드셨을 거예요."라며 동병상련의 마음을 전하신다.

2018년 12월 이기홍(대구시향 초대 지휘자) 선생님이 세상을 떠나신 후, 홀로 남은 부인은 하루 일과 중 대부분을 선생님의 스크랩 자료와 앨범을 정리하는 데 보내신다. 안방 한쪽에는 70년 가까이 함께한 남편을 향한 그리운 마음을 써내려간 일기장이 놓여 있다. 이기홍 선생님은 1964년 대구시향을 창단한 이후에도 지휘 공부가 더 필요하다며 1969년 홀로 오스트리아로 유학을 떠났다. 세 아이와 함께 대구에 남은 부인은 포목 장사로 생활비를 마련해야 했다.

"유학 가시기 전에도 월급은 음악 활동에 쓰셨으니 늘 생활비가 부족했어요. 애들도 좋은 학용품 한번 못 사줬죠. 그래도 선생님 음악 하시는 게 좋았고 더 잘 뒷받침해 드리지 못해 미안한 마음이에요." 그는 부부가 같이 음악을 하는 사람은 무대 옆에 당당하게 나설 수 있지만, 평범한 아내는 그럴 수 없다는 생각으로 평생 눈에 띄지 않는 곳에서 마음 졸이며 무대를 지켜보곤 했다.

올해 97세이신 바리톤 고故 이점희 선생님의 부인은 선생님의 예술 활동 자료들이 대구시 아카이브 자료실로 떠나는 날, 눈물을 보이셨다. "우리가 영선못 옆에 살 때, 그때 자료가 정말 많았는데, 집이 습해서 훼손된 책이나 음반들을 많이 버렸는데 그게 아까워요. 그래도 지금이라도 우리 선생님을 기억하고 챙겨 줘서 고마워요." 혹시나 덜 챙겨 보낸 게 있을까 이곳저곳 다시 살피시며 그저 고맙고 미안하다는 말만 되풀이하셨다. 평생 매일 저녁마다 음악 동료들을 집으로 데리고 와서 늦게까지 술상을 차리게 한 남편이었지만, 그가 걸어간 길이 자랑스럽고 옳은 길이었다는 확신이 있으셨다.

연극인 고故 이필동 선생님의 자택을 방문했을 때는 정말이지 놀라지 않을 수 없었다. 거실 서재 등이 선생님의 생전과 똑같이 보존되어 있었기 때문이다. 이필동 선생님의 부인은 집으로 배달돼 오는 택배의 대부분이 책이었다고 회상했다. "남편에게 저 두꺼운 책들을 다 읽고 또 사시는 거냐고 물으면, 책을 전부 이해해야 하는 게 아니라, 그 속에서 단 한 줄만 얻어도 성공한 거라고 말씀하시곤 했어요. 저는 잘 모르는 책들이지만, 하나하나 남편의 손때가 묻은 걸 아니 쉽게 치울 수가 없었어요."

그러곤 선생님의 예술 자료 정리에 나선 필자를 걱정하는 말씀을 덧붙이셨다. "우리 선생님만 챙기다가 임 선생이 피해를 보면 어떡해요. 다른 연극인들은…." 이 말을 듣고 나니 정말 말문이 턱 막혔다. 이필동 선생님은 지역 연극사에서 업적이 가장 뚜렷한 분이시니만큼, 아무도 반대할 사람이 없으며, 인물 선정에 필요한 사전 절차를 다 거치고 왔다고 안심시켜 드렸다. 늘 세상과 부딪히며 새로운 길을 개척한 예술가 남편의 활동을 지켜보며 얼마나 마음을 졸이고 사셨을까 싶어 가슴이 아렸다.

내 남편이, 내 가족이 어떤 사람이라고 널리 알리고 자랑하며 그것을 배경으로 삼지 않고 일평생 마음 졸이며 오롯이 그 뒷바라지에만 힘쓴 부인들, 그들이 있었기에 예술가들은 더 큰 걸음을 걸을 수 있었다. 이제 우리는 남편의 예술 활동에 빛을 더하기 위해 자신을 희생한, 평범한 아내의 시간도 함께 기억해야 할 것 같다.

각별한 예술혼의 도시

우리가 옛 사람을 기리는 것은 그들이 단순히 옛 사람이기 때문은 아니다. 말 그대로 '아무것도 없던' 궁핍의 시절, 무에서 유를 일군 공은 그들을 단순한 '옛' 사람이 아닌 '특별한' 사람으로 기억하고 기리게 만든다. 그 '특별한' 사람들 중에는 예술인들이 많다. 남들보다 한발 앞서 현실 너머의 세계를 내다보던 그들, 그들이 남긴 흔적들을 따라가 보면 그들이 꿈꾼 문화예술로 풍요로운 미래상이 보인다. 한발 앞서갔기에 때로는 현실성 없음으로 오인돼 따가운 시선을 받기도 했지만 같은 꿈을 꾸는 동지들이 있어서 의지가 됐다.

특히 일제강점기를 넘어 6·25전쟁, 그리고 경제 성장기에 이르기까지 이른바, 격동기를 지나온 예술가들은 서로 어떻게 의지하며 활동했을까. 개화기 이후 쏟아진 새로운 문물들, 새로운 종교와 함께 들어온 서양음악, 서양화 등의 기법은 예민한 영혼의 예술가들을 성장하게 만들었다. 근대기 예술가들은 그들의 새로운 도전을 이해해 줄 동료를 찾아 나섰다. 음악가 박태원과 박태준, 화가 서동진과 이인성, 민요시인 윤복진, 시인 이상화와 백기만, 서화가 죽농 서동균 등이 그들이다. 이들은 서로의 예술적 재능을 흠모하며 교류했다.

일제강점기에 빼앗긴 들을 노래하던 이상화 시인은 이웃에 살던 서화가 죽농 서동균의 재능을 빌려 글씨를 써서 선물하곤 했다. 그 이야기를 증명하는 작품 두 점이 현재 대구에 있다. 작곡가 박태준이 곡을 쓰고 동요시인 윤복진이 노랫말을 쓴 동요집 『물새발자욱』의 표지화는 화가 이인성이 그렸다. 그들은 이인성이 운영하던 대구 최초의 한국인 다방 '아루스다방' 과 기업인 이근무가 운영하던 무영당 서점(백화점)에서 주로 모였다. 이곳은 당대 예술가들이 모여 빼앗긴 나라를 걱정하고 서로가 지향하던 예술 세계를 나누던 사랑방이었다. 박태준과 윤복진은 여러 작업을 함께 했는데 그들이 만든 또 다른 동요집 『중중때때중』 출판기념으로 무영당 2층에서 찍은 사진이 남아 있다.

일제강점기가 끝나자마자 이어진 6·25전쟁 혼란 속에서도 예술 활동은 이어졌다. 특히 피란 도시가 된 대구에는 중앙무대의 예술인들이 몰려들면서 각별한 예술혼의 도시가 되었다. 6·25 전쟁기 대구에서 출판된 구상 시인의 시집 『초토의 시』 표지화는 전쟁기 대구에 머물렀던 이중섭이 그린 〈아이들의 유희〉이다. 이중섭 화가와 그를 후원한 구상 시인과의 일화는 잘 알려져 있다.

1세대 남성 현대무용가 김상규의 무용 발표회에는 여러 예술인들이 함께했다. 김상규는 특히 전란 속에서 친분을 나눈 구상·모윤숙·유치환·마해송 시인 등의 작품을 무용으로 만들기도 했다. 그의 공연에는 조지훈 시인과 구상 시인이 종종 함께했다. 이 두 시인이 김상규의 무용공연을 보고 "정진하는 인간상을 보여줬다."는 찬사를 보냈다는 기록이 있다.

특히 구상 시인과 김상규 무용가의 관계는 돈독했다. 구상 시인이 신병 치료를 위해 왜관에 머물 때도 김상규 무용가를 만나기 위해 대구를 오갔다고 한다.

1950~60년대 어려움 속에서도 꾸준히 발표 무대를 이은 김상규 무용발표회 팸플릿을 보면 구상 시인이 몸담았던 신문사가 후원했다는 기록이 남아있다.

6·25전쟁이 발발하던 해 군악대로 입대했던 이기홍 지휘자는 군악대 생활을 통해 전국의 음악인들과 교류하며 음악 전 분야를 공부했다. 제대 후 현악기 연주자들을 모아 대구현악회 창단 공연을 준비할 때, 손수 포스터를 그려준 사람도 친구 서양화가 백태호 화백이었다. 오페라 도시를 꿈꾸며 오페라 운동에 전 생을 바친 음악가 이점희 선생이 기획한 오페라 〈춘향전〉의 포스터 원화도 서양화가 백낙종 선생이 그려줬고, 대구시문화예술아카이브에 보관돼 있다.

여러 사례를 모아놓고 보니 이런 협업은 예술의 속성이자, 각 장르 예술 영역의 확장이라고 이야기할 수도 있을 것 같다. 코로나 시대라는 또 다른 격동기를 살아가는 현재의 예술가들도 동료들과 의지하며 이 시기를 넘어가고 있다.

대구 중구 수창동의 대구예술발전소는 여러 장르 예술가들이 함께 입주해 교류하는 대표적인 장소이다. 옆방에 입주한 설치 작가의 도움을 받아 무대 세트를

만들어 춤을 추는 무용수, 화가의 작품에서 받은 영감
으로 전시장에서 멋진 음악을 들려주는 연주자들….
먼 훗날 돌아보면 이들의 창작의 공유도 큰 예술적 성
취로 기억될 수 있을 것이다. 구상 시인의 시집 표지에
실린 이중섭의 그림처럼 말이다.

잃어버린 퍼즐 찾기

2020년 초, 1980년대 발행분 《대구예술》 잡지 수집을 공개적으로 진행하고자 마음먹었을 때 큰 기대는 없었다. 잡지 공개 수집 홍보를 통해 아카이브 사업을 알리는 데에 만족하고, 실제로는 원로 예술인들을 수소문해서 찾아볼 생각이었다. 《대구예술》은 발행처인 대구예총과 산하 10개 협회를 비롯해 당대 예술가들의 활동이 게재된 잡지라는 점에서 의미가 크다.

그런데 언론 기사가 나간 바로 그 주, 한 원로 수필가가 '전국체전 특집호'로 제작된 1984년 발행분을 사무실로 가져다주셨다. 특집호답게 두툼한 그 책에 당대 시대 분위기를 비롯해 1940, 50년대 예술계를 회고한 작고 예술인들의 원고가 수록된 것을 보고 나니 가슴이 두근거렸다. 뒤이어 전화도 걸려오기 시작했다. 대구 북구 읍내동에 산다고 자신을 소개한 한 어르신이 창간호부터 여러 권을 가지고 있다고 했다. 희망이 생겼다. 마침 1990년대 발행분 잡지들은 김태곤 대백프라자갤러리 큐레이터가 제공해 주셨다.

하지만 옛 잡지를 소장하고 계실 법한 원로 예술인들께 전화를 하면서 덜컥 마음을 졸이기 시작했다. 잡지를 분실했다거나 이사하면서 정리했다는 답이 대부분이었기 때문이다. 마음이 급해져 처음 전화를 주셨던 읍내동 어르신께 여러 차례 전화를 드렸지만 통화가 되지 않았다.

크게 실망하던 차에 두 번째 전화가 걸려왔다. 대구 출신으로 현재 서울 모 기업의 대표라고 자신을 소개한 그는 창간호와 제2호를 소장하고 있으니 바로 보내주겠다고 했다. 반신반의하며 사무실 주소를 알려드렸다. 택배로 실물이 도착하고 나서야 실감이 났다.

그것이 이인석 ㈜이랜드 고문과의 첫 인연이었다. 바로 감사 전화를 드렸지만 코로나19 상황으로 5월 말이 되어서야 그를 만날 수 있었다. 그는 30년 이상 수집가로 활동하며 여러 지역에 자료를 기증해 왔다고 했다.

특히 한국전쟁기 문헌 자료를 많이 가지고 있으며 대구 자료들도 꽤 있다고 했다. "대구의 문화예술 자료는 대구에 보관해야 하지 않겠느냐."는 필자의 이야기에 공감한 그는 서울로 돌아가 자료가 정리되는 대로 보내주겠다는 약속을 남겼다. 그 뒤로 두 차례 택배가 사무실로 도착했다. 일제강점기 출판물과 1950년대 한국전쟁기 출판물, 그리고 1960~80년대 대구에서 발행된 잡지 초판본들이었다. 그는 그 뒤로도 대구에 내려올 때마다 자료들을 건넸다. 최대한 예의를 갖추어 감사장을 드렸지만 자료의 중요성을 인식하고 오랫동안 수집해 온 그분이 기증까지 해주신 것에 대한 감사한 마음을 전하기엔 턱없이 부족했다.

이야기를 전해들은 언론사 기자가 그에게 인터뷰를 요청했고, 그는 흔쾌히 응했다. 인터뷰 당일 그는 또 깜짝 선물을 건넸다. 남성 현대무용가 고故 김상규 선생의 공연 팸플릿을 비롯해 사진 자료 등 여러 유품들을 가져온 것이다. 이 대표가 대구에 예술자료들을 기증하고 있다는 소문이 나면서, 자료를 가진 골동품상이 그에게 매입을 권했다고 한다. 그는 바로 그 물건들을 구입해 대구로 가져왔다.

김상규 선생이 어떤 사람인가. 한국 1세대 남성 무용가로 대구경북 현대무용의 뿌리를 닦은 인물이다. 그의 혈육 중 현대무용의 길을 잇던 딸 김소라 전 대구가톨릭대 교수와 부인 최원경 선생이 잇달아 세상을 떠나면서 그와 관련한 예술자료들도 모두 소실되었다. 김상규 선생은 지역 예술사를 정리하는 필자에게는 잃어버린 퍼즐 같은 것이었다. 이인석 대표가 그 잃어버린 퍼즐을 뜻하지 않게 선물해 주었다.

좋은 에너지가 전해졌던 것일까. 첫 기증 전화를 걸어왔던 북구 읍내동의 어르신에게도 다시 연락이 닿았고 그는 그 잡지들을 보자기에 곱게 싸서 내주셨다. 오랜 세월 간직한 자료를 전해주는 게 마치 자식을 시집보내는 것 같다고 하셨다.

오랜 시간과 비용을 투자하여 역사 문화 자료를 수집하고 보존하는 일을 개인이 하는 것은 지극히 힘든 일이다. 더군다나 수집한 자료를 공적으로 기증한다는 것은 더욱 어려운 일이다. 이인석 대표와 북구 읍내동의 노대균 선생님, 수필가 김종협 선생님, 김태곤 큐레이터, 그리고 관심을 가져주신 원로 예술인들께 다시 한번 감사드린다.

예술을 존재하게 한 또 다른 힘

대구음악사, 본영당서점, 대구서적, 계몽사서점, 한일미유주식회사, 호텔금호, 귀빈예식장, 고려예식장, 명성예식장, 동아숙녀학원, 우일라사, 금성사진관, 중앙체육용구사, 뉴욕제과, ○○백화점, ○○건설, ○○은행, ○○윤활유, ○○상사, ○○치과, ○○양복점, ○○미용실….

원로 예술가들로부터 받은 공연 팸플릿들을 넘기다 보면 이런 상호들을 쉽게 만날 수 있다. 공연 제작비를 후원한 곳들로, 지금까지 건재하고 있는 기업도 있지만 사라진 이름들도 많다. 이들은 공적인 제작비 지원이 없던 시절에도 예술 활동이 가능하도록 만들어준 또 다른 힘이었다.

향토 문화예술의 토대를 닦은 원로 예술가들은 지역 경제가 넉넉하지 못했을 때도 예술가들의 활동을 지지하고 후원하는 사람들이 늘 있었다고 회고했다. 바리톤 고故 이점희 선생님의 아들 이재원 씨는 "아버지께서는 늘 영선못 근처 집에서부터 향촌동까지 걸어 다니면서 언론사와 병원, 악기사 등을 찾으며 공연 후원을 부탁하곤 하셨다. 예술에 대한 확신이 있으셔서서 가능했던 것 같다."고 했다.

1964년 대구시립교향악단이 창단되기까지, 1957년 대구현악회 창단에서부터 대구교향악단, 1958년 대구관현악단, 1962년 대구방송관현악단으로 형태를 바꾼 가장 큰 이유도 재정난이었다. 대구시향 초대 지휘자 고 이기홍 선생님은 생전에, 한일미유주식회사 하영수 사장의 도움이 가장 컸다고 회고하곤 했다. 하 사장은 1958년 대구관현악단 시절부터 만 5년간 후원했고 대구시향 창단 때는 악기까지 구입해서 기증했다.

1981년 대구시립합창단 창단을 이끈 지휘자 장영목 선생님은 "1960년대부터 민간 합창단을 이끌 때 옛 고려예식장 우종묵 대표가 20여 년간 연습실을 무료로 사용할 수 있게 도와줬다. 그의 도움이 없었으면 합창

운동은 물론, 시립합창단 창단이 불가능했을 것"이라고 회고했다. 작곡가 임우상 선생님은 대관료라는 개념이 생긴 것은 정식 공연장이 지어지고 난 뒤부터였다고 했다. 그 전에는 팸플릿 제작비가 제일 큰 비중을 차지했다.

그다음이 연주자 출연료였는데, "대부분 교통비 정도밖에 주지 못했다."며 "지역의 서점, 악기사, 출판사 등에서 십시일반 후원해 줘서 공연을 만들 수 있었다."고 말했다. 음악 신인을 발굴하는 콩쿠르를 열 때도 상금은 별도로 줄 수 없었고 출판사에서 후원으로 받은 악보가 큰 상품이었다.

대학 시절부터 고 이필동 선생님을 도와 연극 활동을 한 김정학 대구교육박물관 관장은 "1980년대까지 대구의 극단은 동인제 극단 위주였기에 참여자들이 제작비를 나눠 부담했다. 그래도 부족한 비용을 메우기 위해 후원자를 찾아다니기 바빴고, 대부분 포스터 제작비로 썼다. 표도 열심히 팔았다."고 말했다.

1970, 80년대 공연을 만들기 위해 받은 후원금은 한 곳당 대략 2만~10만 원 선. 물론 화폐 가치가 지금과는 다르지만, 팸플릿 뒤에 빽빽이 적힌 상호들을 보면 이

런 크고 작은 후원금들이 모여 한 편의 공연을 만들어 낼 수 있었다는 것을 알 수 있다.

김기전 대구시립무용단 초대 안무자는 "다른 장르 예술인들이 서로에게 든든한 후원자가 되어줬다. 방송 국과 무용 프로그램을 진행할 때 배경으로 조각가 고 홍성문 선생, 고 정점식 화백 등이 작품을 찬조해 줬다. 남성 무용수가 부족하던 시절, 그 역할을 메워준 사람 들은 바로 지역의 젊은 연극인들이었다. 나도 발레학 원을 운영할 때 학부모들의 도움을 받아 크고 작은 공 연을 후원하곤 했다."고 말했다.

기업과 동료 예술가들 외에 예술인들의 가장 큰 후원 자는 바로 관객이었다. 출연료 대신 받은 입장권을 구 입해 준 사람, 그리고 공연장을 직접 찾아 표를 구입해 객석에서 응원의 박수를 보내준 관객들이 그곳에 있었 다.

오랜 세월 예술가들의 가장 큰 소원은 '돈 걱정 없 는', '안정적인' 예술 활동이었다. 지금은 문화예술 후 원을 위한 다양한 법적 기반이 마련됐고 지원의 규모 와 종류도 다양해졌지만, 예술인들은 여전히 어렵다. 예술 행위를 접할 수 있는 매체가 다양해지면서 '제대로' 만들기 위해 들어가는 유·무형의 비용이 꽤 높아졌기 때문이기도 하다.

코로나19 확산과 더불어 경기 침체로 문화예술에 대한 공공과 민간지원이 위축되고 있다는 소식이 들려온다. 다시 자기만의 방식으로 지역 문화예술을 후원하는 사람들이 많아지길 기대해 본다.

예술품이 품고 있는 이야기들

필자는 대학에서 현대희곡을 전공했다. 학위 과정에서 필요했기에 다양한 연극 대본들과 희곡 관련 도서들을 구입했고 그중 희귀본들은 계속 소장하고 있다. 연극인 고故 이필동 선생님이 생전에 모아 두신 도서들을 보면 필자의 책과 같은 것들이 간혹 보인다. 그런데 여기서 감히 '같은'이라는 표현을 썼지만, 과연 그 책이 같은 것일까.

선생님의 책꽂이에서 극작연출가 오태석의 희곡집 한 권을 뽑아 보았다. 아니나 다를까. 첫 장을 넘겨보니 '아성(이필동의 아명) 형에게, 오태석'이라는 저자 사인이 적혀 있었다. 당연히 필자가 인터넷 서점에서 구입해 소장한 책에는 아무것도 적혀 있지 않다. 여기서

두 책의 차이를 발견한다.

 이필동 선생님이 소장하신 책들에는 선생이 생전에 전국의 연극인들과 교류하며 쌓은 그들과의 '이야기'가 담겨 있다. 희곡의 아이디어를 주고받았을 수도 있고, 그것이 무대화되어 오를 때 첫 관객이자 비평가가 되어주었을 수도 있었을 것이다. 서로의 인연이 아니었으면 대구에 내려오지 않았을 작품이 대구 극장에 초대돼 지역 관객에게 소개했을 수도 있었을 것이다.

 수년 전 서울에서 오태석 선생님을 만났을 때, "아성이 없으니 대구와 인연이 없어."라는 이야기를 들은 적 있다. 이필동 선생님이 세상을 떠난 후, 아마도 그와 교류한 수많은 전국의 연극인들이 대구와의 인연이 멀어졌을 것이다.

 한국 연극사에 큰 획을 그은 연극인과 전국 무대를 오가며 향토 연극의 기반을 닦은 사람의 교류 흔적이 남아 있는 책의 가치를 어떻게 쉽게 매길 수 있을까. 더구나 이필동 선생님의 책에는 선생님이 세상을 떠난 후 십수 년 동안, 남편이 그 책들을 모으며 꿈꿨던 예술 세계를 지켜주고 싶었던 부인의 마음도 얹혀 있다.

 이미 몇 대를 이어온 물건이나 상인의 손을 거친 유

물의 경우, 물질적 가치를 금액으로 매길 수 있다. 반면 예술품을 직접 소장했거나 소장자가 세상을 떠난 지 오래되지 않은 경우, 그 예술품에는 사람의 이야기와 감정이 얹혀 있어서 쉽게 대할 수가 없다. 작고한 예술인들의 가족과 그 예술인의 유품을 대할 때는 고고학자들이 문화재를 발굴해 낼 때 거쳐야 하는 조심스러운 붓질과 같은 자세로 임해야 한다. 발굴 과정에서 훼손된 문화재를 돌이킬 수 없는 것처럼, 예술 자료를 소장한 사람의 마음을 다치게 하면 회복하기 힘들다.

2020년 대구시에 기증된 '이상화 증정 죽농 서동균 병풍'의 경우도 마찬가지다. 이상화 시인이 독립운동을 함께한 포해 김정규에게 선물한 이 병풍은 시인의 부탁으로 글씨를 쓴 죽농 서동균의 이야기까지 더해져 화제를 모았다. 병풍에는 1932년 죽농 서동균이 난사 최현구의 한시 「구곡담」을 쓰고, 이를 이상화가 포해 김정규에게 선물했다는 내용이 쓰여 있다. 국내 서화 작품 가운데 이처럼 제작 연도와 작품에 얽힌 사연이 뚜렷하게 기록된 것은 드문 사례다.

2020년 12월 3일 열린 기증 행사장을 찾은 사람들은 원소장자 김정규 선생의 후손 김종해 씨의 태도에 더 깊은 감명을 받았다. 김종해 씨는 "병풍이 처음 제작된 곳이자 상화 시인의 고향인 대구로 갔을 때 의미가 더 커질 것이라 생각했다. 이제 가족의 이야기는 내려놓고, 굴곡진 한국 현대사 속 인물들의 이야기가 이 병풍을 통해 펼쳐지길 기대한다."고 말했다.

1932년 병풍이 제작된 이후 89년, 1974년 원소장자 김정규 선생이 세상을 떠난 이후 47년의 세월 동안 그 병풍과 함께한 가족들의 서사도 적지 않았을 것이다. 어린 시절 아버지가 병풍의 글귀를 따라 적으며 해 주신 이야기들이 스며 있다. 병풍 길이의 반도 못 미치던 키가 병풍 끝에 미칠 만큼 자라고, 그의 아들이 그만큼 자라는 세월도 담겨 있다.

필자는 병풍 기증행사를 준비하면서 병풍 속 인물들의 이야기보다, 이상화라는 인물보다, 아버지의 유품을 기증하는 아들의 마음에 초점을 맞췄다. 독립운동가의 후손임에도 가족 모두가 한국 현대사의 쉽지 않은 길을 걸어오셨기에, 선대의 유품을 선뜻 대구로 보내 주신 그 뜻을 헤아리고자 했다. 병풍을 운송차에 실어 대구로 떠나보내실 때, 그리고 기증 행사에 참석하시기 위해 대구를 오가실 때 혹시라도 서운함이 남지

않도록 애썼다. 다행히 행사까지 무사히 끝났고 김종
해 씨도 흡족한 마음으로 서울행 기차를 타셨다. 이제
그 병풍이 품고 있는 남은 이야기들을 풀어내는 것은
우리 모두의 몫이다.

공감

지금 30, 40대를 건너는 여성들에게 일상은
11월의 날씨 같은 게 아닐까 생각해 본다. 햇살이 비치면
더없이 따스하다가도 구름이 가리면 뼛속까지 시린 겨울 같다.
"괜찮아, 괜찮아." 어느 가수의 노래 가사에 기대 이 시절을
건너가려 한다. "괜찮아, 이 정도면 충분해." 툭툭, 어깨를
두드리는 정도의 일만으로도 우리는 충분히 따스할 수 있으니까.

괜찮아, 이 정도면 충분해

지인들과의 모임에서 단체로 알츠하이머 검진을 받아보지 않겠느냐는 우스갯소리를 주고받은 적이 있다. 알츠하이머에 걸린 여주인공이 나오는 드라마가 한창이었기에 이런 이야기가 종종 화제에 오르곤 한다. 마침 그날 모임의 구성원들이 비슷한 일을 하는 워킹맘들이기에 건망증으로 인한 작은 실수담들을 나누며 수다를 떨었다. 그러다 서로 건망증의 이유를 합리화하며 위안을 찾았다. 그만큼 신경 쓸 일이 많아졌기 때문이라고 말이다.

일상을 돌아보니 생각 없이 쳇바퀴를 바삐 돌리고 있는 다람쥐와 같았다. 글을 쓰는 직업을 가졌음에도 따로 시간을 내서 공부를 할 시간은 좀처럼 나지 않았다.

눈을 조금만 돌리면 찾을 수 있는 인문학 강의 프로그램을 수강해 보자는 것도 매번 계획만으로 끝이 났다. 시간적 여유가 없음을 탓하며 스스로를 합리화하려 해도 하루 이틀이었다. 인터넷 사이트 철학 강좌를 신청해 짬짬이 들어보지만 꾸벅꾸벅 졸다 잠들어 버린 다음 날이면 스스로를 혐오하기까지도 했다.

화려한 골드미스까지는 아니라도 싱글로 살아가는 사람들의 자유로운 일상은 마냥 부러움의 대상이었다. 겉보기에 많이 채워놓은 것 같은 사람도 더 채운 후 돌아오겠다며 잠시 활동을 줄였다는 뉴스를 들으면 마음이 무거워졌다. 도대체 나는 뭘까. 텅텅 빈 그릇의 모양새로 달그락거리며 살고 있는 건 아닐까. 「선녀와 나무꾼」의 선녀처럼 날개옷을 다시 찾아 입고 하늘로 훨훨 날아갈 수는 없을까. 양팔에 아이를 안고 남은 하나를 등에 업은 모양이 아니라 그냥 자유롭게 훨훨 말이다.

그러다 '왜 안 된다고만 생각했을까, 일단 떠나보자.'는 생각이 들었다. 무조건 비행기 표부터 예약을 했다. 여행사에 '＊＊행 왕복 표 1장'이라고 당당히 이야기하고 송금을 했다. 목적지는 지인이 살고 있는 가까운 아시아의 한 나라였다. 주말을 끼우고 사흘 휴가를 내니 얼추 4박 5일의 일정을 만들 수 있었다. 막상 떠나려고 하니 아이들은 왜 아플까. 짐을 싸는 날 밤까지 죄책감이 엄습했다. '내가 도대체 뭘 잃었고 또 뭘 찾고자 하는 걸까?

어쨌든 계획된 날은 왔고 일정대로 비행기에 올랐다. 그런데 신기하게도 사무실 일, 애들 걱정은 점점 작게 멀어지는 창밖 풍경처럼 마음에서 점점 멀어졌다. 비행기가 구름 위를 나는 순간, 이미 마음은 현실을 떠나버렸다. 내 프로젝트를 알고 있던 친구가 해준 말이 맞았다. "비행기를 타면 모든 게 가벼워질 거야."

숙소는 지인이 알고 있는 여행사에 부탁해서 예약을 했다. 이번 여행의 특이점이라면 그 도시에 관한 여행 책자 하나 챙기지 않았다는 것이다. 미술관, 박물관 등 명소를 샅샅이 훑어보고 대표 음식을 반드시 먹고 돌아오겠다는 과거 싱글 시절 같은 계획도 세우지 않았다. 그저 일상이 아닌 곳의 공기와 자유를 맛보고 싶었을 따름이었다.

지하철 노선도와 허접한 지도 한 장을 챙겨들고 무작정 길을 나섰다. 지인이 추천해 준 곳을 찾아가 보기도 하고 수년 전 출장차 왔을 때 단체로 휙휙 지나쳤던 길을 다시 찾아보기도 했다. 마치 20대 초반의 배낭여행객처럼 길거리 음식 하나를 사들고 쭈그리고 앉아 끼니를 때워 보기도 했다. 일상에서는 몇 달치 걸을 거리를 걷고 또 걸었다. 저녁에는 지인을 다시 만나 그 동네 허름한 포장마차에서 맥주 한 잔 걸치는 것도 운치 있었다. 하하, 호호, 웃을 일도 아닌데 웃음이 났다.

금세 닷새가 지나갔고 다시 일상이 시작되었다. 딱히 무엇을 비우고 무엇을 채웠는지는 기억이 나지 않는다. '카모메 식당의 여자들'처럼 더 멀리, 길게 도망가지도 못했고 당장 하던 일을 다 접고 새로운 일을 시작할 수 있는 것도 아니다. 그렇지만 몸과 마음이 많이 가벼워졌다는 것은 분명히 느낀다.

지금 30, 40대를 건너는 여성들에게 일상은 11월의 날씨 같은 게 아닐까 생각해 본다. 햇살이 비치면 더없이 따스하다가도 구름이 가리면 뼛속까지 시린 겨울 같다. "괜찮아, 괜찮아." 어느 가수의 노래 가사에 기대 이 시절을 건너가려 한다. "괜찮아, 이 정도면 충분해." 툭툭, 어깨를 두드리는 정도의 일만으로도 우리는 충분히 따스할 수 있으니까.

더 가까이 알아가고 느끼는 과정

얼마 전 대학 시절 동아리 OB모임에서 신년회를 열었다. 모임 공지는 소셜네트워크서비스(SNS) 카카오톡 채팅창에서 이뤄졌다. 회장이 장소와 시간 공지를 하고 나머지 회원들이 댓글로 동의하는 수순이 이어졌다. 그런데 모임 당일 제시간에 약속장소에 나온 사람은 단 한 명뿐이었다. 사업차 중국에 있다가 새해를 맞아 한국에 잠시 나온 한 선배만 정시에 나왔고 나머지 회원들은 적게는 1시간 뒤, 많게는 2시간 뒤 2차에 합류했다.

'다들 먼저 모이겠지.'라는 생각으로 다른 볼일을 보고 있던 필자도 선배 혼자 식당에 있다는 소식을 채팅창을 통해 보고 부랴부랴 약속장소로 향했다. 결국 그날 대구에 살고 있는 OB회원의 절반도 안 되는 수의 인원만이 모임에 참가했다. 10여 년 친목을 이어온 모임이었기에 그날의 참석률은 너무나 의외였다. 모임의 화제는 채팅창을 통한 연락이 인간미가 떨어지고 약속에 대한 책임감이 낮아진다는 것으로 이어졌다. 또 휴대전화 없이 집전화만으로 연락해도 약속 시간을 지키곤 했던 옛날이 신기했다는 말도 나왔다. 끝에는 요즘 SNS의 대세이며 조금 더 안부를 쉽게 교류할 수 있다는 '밴드'를 만들기로 하고 헤어졌다.

동아리 모임의 경우를 들었지만, 비슷한 경험이 적지 않다. '스마트'한 세상 속에서 소외감을 느껴본 적이 한두 번이 아니다. 채팅창에 글을 올렸는데 사람들의 반응이 없을 때, 카카오스토리나 페이스북에 올린 글에 '좋아요'나 '댓글'이 적거나 없으면 머쓱하기만 하다. 메신저를 통해 문자를 보낸 후 상대방이 읽어야 사라지는 '1'이라는 숫자를 한동안 바라보고 있었던 기억도 있다. 서양화가 이명미 작가는 〈1 읽었나요〉라는 제목의 작품을 전시장에 내걸어 '소통'의 문제를 이야기하기도 했다.

어쨌거나 몇 번을 고쳐 쓴 편지를 우편으로 보내놓고

답장을 기다리는 '설렘'은 이제 시간여행을 하지 않으면 느껴볼 수 없는 감정이다. 설사 시간여행을 하게 되더라도 '기다림'을 진득하게 견뎌낼 수 있을지…. 시간을 묵혀 성숙해진 감정을 느끼기 힘들어진 이 시대에 대한 아쉬움에, 많은 사람들이 지난 한 해 동안 그토록 '응답하라'를 외쳐댔던 건 아닐까.

며칠 전 아침, 신문에서 통닭을 한 마리 시켜서 반반 나눠 각자의 집으로 가져가서 먹는 싱글 여성들에 대한 이야기가 나와서 흥미롭게 읽었다. 자기 몫의 닭을 나눠들고 가는 사진 속 여성의 표정은 정말이지 환했다. 아마 그 여성은 예쁘게 세팅된 테이블에 앉아 누군가와 열심히 채팅을 하며 즐겁게 그 닭을 먹었으리라. 그 여성과 같은 세대는 '댓글 없음'도 쿨하게 넘길 것 같다. 소통 부재니 소외니 하는 감상도 이제는 3040 이상의 세대만 느끼는 것일 수도 있겠다.

인터넷 뉴스와 이메일이 활성화되기 시작할 때 사람들은 종이매체가 사라질 미래에 대한 걱정을 하기 시작했다. 그런데 이제는 홈페이지 게시판에도 쌓이지 않고 채팅창과 SNS를 통해 떠돌다 '사라질' 기록에 대해 걱정한다.

"세상을 보고 무수한 장애물을 넘어 벽을 허물고 더 가까이 다가가 서로 알아가고 느끼는 것. 그것이 바로 우리가 살아가는 인생의 목적이다."

1936년 창간되어 2007년 4월 30일 자를 마지막으로 인터넷잡지사로 전환된 '라이프' 지의 모토이다. 비록 종이로, 홈페이지 게시판으로 '축적' 되지 않더라도 우리가 살아온 흔적이 그저 '허공으로 사라진' 것은 아닐 것 같다. 우리가 살아가는 인생은 '세상을 보고 무수한 장애물을 넘어 벽을 허물고 더 가까이 다가가 서로 알아가고 느끼는 과정' 에 목적이 있는 것이니까.

결핍과 충족이 주는 행복

지면을 빌려 고백하자면 필자는 '대필'을 해준 경험이 있다. 그것도 한두 번이 아니라 여러 번이다. '대필'이라는 단어를 썼지만 전문성을 요하는 논문이나 거창한 용도로 사용된 글을 대신 썼다는 말은 아니다. 그저 일상에서 필요한 소소한 글들을 부탁하는 사람이 많다는 말이다.

가장 많이 부탁하는 사람은 바로 필자의 아버지다. 친척 결혼식 후 절값과 동봉해 줄 편지, 손자 돌잔치에 용돈과 함께 전해 줄 편지 등 크고 작은 집안 행사에도 '글'이 필요하다고 주문하신다. 어떤 내용으로 언제까지 쓰라는 전화를 받을 때면 글이라는 게 어디 컴퓨터 앞에 앉기만 하면 바로 나오는 거냐고 투덜거리지만,

결국 몇 시간이고 끙끙대서 아버지가 원하시는 글을 써드린다. 아버지께서 이렇게 신문 지면에도 글과 사진이 나오는 '글 쓰는' 딸을 뒀다는 것을 은근히 자랑하고 싶어 하신다는 것을 알기 때문이다.

그 외 퇴직을 앞둔 지인이 동료와 가족에게 하고 싶은 '퇴임인사'를 메모해 와서 고쳐달라는 것은 '정'으로 도와드릴 만한 일이다. 그런데 문제는 자녀들의 글을 고치거나 아예 대신 써달라는 부모들의 부탁이다. 논술 시험 준비를 위해 한두 번 첨삭을 해달라는 것은 이해할 만한 수준이다. 심한 경우 취업 원서에 필요한 자기소개서, 혹은 대학진학에 필요한 글을 거의 대필 수준으로 고쳐달라는 사람이 적지 않다. 어쩔 수 없이 슬쩍 도와준 경우는 있지만 주로 거절하곤 한다.

아무리 세상이 어려워졌다 하더라도 부모가 자기소개서를 대신 써준다는 것은 이해가 가지 않았다. 능력이 부족해서 누군가에게 수정을 부탁하더라도 스스로 해야 하는 것 아닐까? 최근에도 한 부탁을 거절한 후 마음이 편치 않은 터에 지인들과의 모임에서 이 일을 주제로 토론을 해보았다.

의외로 부모가 도와줘야 한다는 의견도 많았다. 예전

에 우리가 자랄 때와는 달리 자식 수가 적고 부모의 학력이 높아졌기 때문에 부모가 도움을 주는 것이 이미 일반화되었다는 의견이었다. 반대로 진학 혹은 취업 이후에도 끝없이 그 아이를 도와줄 것인가, 그런 부모들이 속칭 '헬리콥터 부모'가 된다며 비난하는 사람도 많았다.

필자도 자식을 키우는 입장에서 선배 부모들을 보며 과연 나는 어떤 부모가 되어야 할지를 고민할 때가 많다. 대학에서 강의를 하는 친구 하나는 요즘 학생들의 가장 큰 문제가 감사할 줄 모르는 것이라고 했다. 어릴 때부터 수많은 놀이도구와 교재, 사교육 등 자신들에게 주어지는 풍요와 도움을 당연하게 여기면서 어느덧 부모와 사회에 더 많은 것을 바라는 욕심쟁이가 되어 있다는 것이다. 그럼에도 요즘 학생들은 부모와 스승에게조차 감사하지 않는다는 서글픈 이야기도 덧붙였다.

독일작가 코넬리아 풍케의 동화 『행복 요정의 특별한 수업』에는 '행복 요정' 이야기가 나온다. 그런데 이 '행복 요정'은 이름과 달리, 이미 누리고 있고 당연한 것이라고 여기는 일상을 빼앗는 요정이다. 포근하고 부드러운 침대와 따뜻한 코코아 한 잔, 온 세상에 반짝이는 아름다운 색깔들…. 동화는 빼앗겼던 일상이 다시 채워졌을 때의 행복과 감사를 이야기한다.

아이에게, 혹은 이미 '아이' 라는 말을 쓰기 힘들 만큼 훌쩍 자라있는 자식에게 결핍과 충족이 주는 행복을 선물해 보는 것은 어떨까. 조금 더디면 어떤가. 아이가 살아야 할 미래는 더 큰 결핍도 스스로 이겨내야 할 세상일지도 모르니까.

걱정에서 벗어나기

며칠 전 악몽을 꿨다. 평소 푹 자는 편인데 꿈을 꾸는 날은 상당히 스트레스가 많은 날인 듯하다. 악몽이라고 해서 공포영화에 나올 법한 그런 장면이 반복되는 것이 아니라 소소한 일상의 나쁜 기억이 재생되곤 한다. 잘못 체크한 시험 답안지를 제출하고, 수강 신청을 놓쳐서 발을 동동 구르는 장면이 반복된다. 비슷한 상황을 몇 번 반복하다가 잠에서 깨고 나면, 꿈이 현실이 아님에 감사한다.

누구에게나 그 순간만은 정말 악몽이기를 바랄만큼 끔찍했던 기억이 있을 것이다. 필자도 취업을 준비하던 시절, 정말 어처구니없는 실수를 한 적이 있다. 목표로 했던 회사에 최종 면접을 가던 날, 신분증을 빠뜨리고 간 것이었다. 결국 면접에 참여도 하지 못하고 눈물을 흘리며 돌아와야 했다. 지금도 아찔했던 그 순간을 잊을 수 없다.

필자의 이야기를 들은 한 미술평론가는 박사 시험에 합격한 후 실수로 등록금 날짜를 놓쳐버려 어쩔 수 없이 1년을 재수했던 경험이 있다고 털어놓았다. 그 '실수'를 하지 않았다면 지금의 삶이 어떨지는 알 수 없지만, 그 순간을 그저 씁쓸했던 추억의 하나로 기억하고 있다.

몇 해 전 지역의 중견 예술가들을 만나 '인생에서 아찔했던 순간'을 취재한 적이 있었다. 한 원로 무용가는 날짜를 착각해서 공연 날짜와 박사 시험 날짜가 겹쳐버려 하나를 포기해야 했던 기억을 회고했다. 한 원로 연극인은 의상을 제대로 챙겨 입지 못해 공연 중 신체 중요한 부위가 노출되어 버렸던 기억을 아찔했던 순간으로 전해왔다.

한 패션디자이너는 패션쇼를 하기 위해 서울에 갔는데 직원의 실수로 중요한 옷과 소품을 빠뜨렸던 사건 덕분(?)에 은퇴할 때까지 비슷한 실수를 한 적이 없었다고 얘기했다. 중견 첼리스트는 처음으로 인조 속눈썹을 시술해 눈을 제대로 뜨지 못한 채 연주회 무대에 섰다가 깜빡 졸게 되면서 순서를 놓칠 뻔했던 기억을 꼽았다. 그 이후로 그는 다시는 속눈썹을 붙이지 않는다고 했다. 각각의 사연에 때로는 고개를 끄덕이고, 때로는 같이 웃고 안타까워하면서 열심히 취재를 했다.

개인의 실수라기보다 우리 지역에서 일어난 참사로 인해 아찔했던 기억을 가진 공연 기획자도 있다. 해외 뮤지컬 팀의 최초 내한 공연을 계획했던 공연장이 합동 분향소로 활용되면서 공연을 취소해야 하는 사태에 이르렀던 것이다. 전 국민이 슬픔에 빠져있던 때라 일개 기획사의 위기를 호소할 상황이 아니었던 터였다. 겨우 다른 공연장을 구해 위기를 모면했고 오히려 그 공연장의 규모가 더 커서 공연은 성공을 거뒀다고 했다.

이때 취재한 예술가는 모두 각 분야에서 이름을 알린 사람이다. 그들은 모두 과거의 '실수'가 결과적으로 자신들을 성장하게 한 양분이 됐다고 입을 모았다. 물론 지나갔으니 이런 여유도 생겼으리라는 생각도 약간은 해본다. 영국의 사상가 윈스턴 처칠은 "뭔가 배울 수 있는 실수는 저질러 보는 게 이득이다."는 말을 남겼다.

또다시 '그날'의 실수를 반복하게 될 수도 있다. 그렇지만 실수는 과거의 그것들처럼 앞으로 남은 인생의 자양분이 될 수 있으니 걱정하지는 말자. 단, 악몽이 되어 밤마다 꿈속으로 찾아오게 될지는 모르겠지만 말이다. 실수, 실패에 대한 걱정 없이 '거침없이 하이킥'을 할 수 있기를.

기증 정신과 나눔이 피운 '예술꽃'

포항시립미술관에서 열린 하정웅 컬렉션 특선전 '디아스포라의 시선' 전을 보고 왔다. 전시 제목에서 '디아스포라'는 유명한 재일교포 컬렉터 하정웅 선생을 일컫는 말이다. 전시는 하정웅 선생의 수집 작품 중 일부를 선별해 세 개의 섹션으로 구성했고 각각의 전시실에는 이우환의 단색화, 재일작가 전화황의 회화 작품, 무용가 최승희의 사진 등 53점이 전시되고 있었다. 섹션마다 컬렉터 하정웅 선생의 예술가들에 대한 따스한 시선을 느낄 수 있도록 전시가 잘 정리되어 있었다.

하정웅 컬렉션 특선전은 포항에서만 열리는 것이 아니라 전국 8곳 시·도립미술관이 공동으로 개최하는 것이었다. 2013년 4월 말 서울시립미술관을 시작으로 광주시립미술관, 부산시립미술관을 거쳐 2014년 포항시립미술관, 전북도립미술관, 제주도립미술관, 대전시립미술관, 그리고 2015년 2월 대구미술관에서 마지막 전시를 열었다.

이처럼 개인 컬렉션이 전국을 순례하는 것은 유례없는 일이었다. 더구나 이번 전시는 한국 미술관 역사상 처음 진행되는 대규모 네트워크 사업으로 향후 전국 시·도립미술관 네트워크를 구축하고 지역 간 문화교류의 발전적 비전을 제시할 수 있을 것이라는 기대까지 모았다.

그러면 도대체 하정웅은 어떤 사람이며 그의 컬렉션 기증 규모는 어느 정도일까? 그는 재일 한국인 2세로 50년 동안 미술 작품 및 자료를 수집했고 20여 년간 자신의 고국인 한국의 공공미술관과 박물관에 그 수집 미술품을 기증해 왔다. 그의 기증품은 국내 공립미술관의 인프라 구축과 한국미술사 발전에 크게 기여한 것으로 평가받고 있다. 그는 자신의 고향인 전남 영암군에는 3천400여 점의 작품을 기증했다.

필자가 하정웅 컬렉션을 처음 관람한 것은 광주시립미술관에서였다. 그가 고향보다 먼저 많은 작품을 기중한 곳이 바로 광주였다. 1993년 광주시립미술관이 개관한 이듬해, 하정웅 선생은 작품을 대거 기증하기 시작했다. 이후 2010년까지 4차에 걸쳐 광주에 기증한 작품 수만 해도 2천300여 점에 이른다. 선생의 기증 작품을 살펴보면 컬렉션의 방향과 여기에 흐르는 그의 고유한 철학을 엿볼 수 있다.

컬렉션은 분단의 아픔과 조국에 대한 그리움, 그리고 뒤틀린 한·일관계 안에서 차별과 학대를 받으며 살아올 수밖에 없었던 재일동포들의 작품이 주를 이룬다. 그의 작품 기증에 담겨있는 뜻은 재일교포의 시각에서 돌아본 조국사랑, 고향사랑, 궁극적으로 소외된 약자를 위한 '기도'로 정리된다. 이번 8개 시·도립미술관 특선전의 큰 타이틀도 '하정웅 컬렉션 특선전 기도의 미술'이다. 각 지역 미술관은 자신들에 적합한 소주제를 정하고 그에 맞는 작품으로 전시를 구성한다.

물건이나 공간, 서비스를 빌리고 나눠 쓰는 사회적 경제모델로 최근 급부상하고 있는 개념이 '공유경제(sharing economy)'다. 문화예술계에서도 몇 년 전부터 폐허 혹은 용도가 폐기된 옛 건물을 정책적으로 예술가의 창작공간으로 바꾸는 작업이 유행하고 있다. 그런데 문화공간을 운영하는 프로그램이나 콘텐츠에는 아직 그 개념이 제대로 적용되지 못하고 있는 것이 현실이다.

한 개인의 예술품 컬렉션이 단순히 취미로서의 소장에 그치지 않고 이번 사례처럼 전국의 공공 미술관에 기증되어 일반인에게 소개되는 것, 진정한 의미의 예술품 '공유경제'를 실천한 것이 아닐까. 덧붙여 우리 지역에서도 이 같은 '공유' 정신을 가진 소장자를 만나볼 수 있으면 좋겠다는 바람을 가져본다.

천지삐까리와 쪼로미

"○○야, 어둡다. 불 좀 써라. 불 쓰고 와서 이것 좀 무라." "아이, 할머니는 또 옛날 말 쓴다. '불 켜라, 그리고 먹어라' 해야지요." 우리 집 아이는 할머니 손에 자란 아이답게 또래에 비해 사투리를 잘 쓴다. 그런데 이 아이가 최근 들어 할머니 말투에 일일이 지적을 하기 시작했다. 유치원을 거쳐 초등학교에 들어가면서 자기가 쓰는 말에 사투리가 많다는 걸 인지하기 시작한 것이다.

아직은 사투리로 의식하지 못하고 쓰는 어휘가 많기는 하지만, 아이는 할머니가 주로 쓰시는 몇몇 단어를 콕 찍어 고쳐드리곤 한다. 그 말을 '옛날 말'이라고 지적하면서 말이다. 그럴 때마다 할머니는 허허 웃으시며 "내가 우리 예쁜 손주들한테 바르고 고운 말 가르치려면 사투리를 고쳐야 하는데…." 하신다.

우리 아이들과 할머니에게 어쩌다 사투리가 '옛날말'이며 '바르고 곱지 않은' 말이 되어 버렸을까. 국어국문학을 전공하면서 다양한 방언의 중요성에 대해 학문적으로 배운 필자도 공식적인 자리에서는 사투리를 가급적 쓰지 않는다. 필자도 이미 '교양 있는 사람들이 두루 쓰는 현대 서울말'이라는 표준어 규정에 몸과 마음이 세뇌되었나 보다. 표준어를 쓰면 없던 '교양'도 생기는지는 잘 모르겠지만 말이다.

경북대 한국어문화원에서 '대구지역 사투리의 관광자원화 방안'을 주제로 한 심포지엄이 열렸다. 필자도 그 행사에 참가하게 돼 준비과정에서 지역 문화예술계에서 사투리가 사용되고 있는 실태에 대해 조사했다.

대구·경북 지역에서 제작되고 있는 뮤지컬과 연극에서는 주인공을 비롯해 '세련된' 배역은 사투리를 쓰지 않고, 주변 인물과 희화화된 인물이 주로 사투리 대사를 쓰고 있었다. 수성아트피아에서 공연된 악극 〈비내리는 고모령〉에서는 시대적 배경에 따라 대부분의 인물이 사투리를 썼지만 주인공은 표준어에 가까운 대사를 사용했다.

배우들은 "표준어로 발성 훈련을 하기 때문에 사투리 연기가 더 어렵다."고 했고 연출가와 극작가들은 "아직도 사투리는 조금 촌스러운 느낌이 있기 때문에 사투리를 잘 쓰지 않게 된다."고 했다. 연극과 뮤지컬의 예를 들었지만 그 외 다른 장르에서는 사투리는커녕 우리말보다 외래어가 더 많이 쓰였다.

'스토리텔링'으로 지역만의 이야기를 만들어 상품화하자는 이야기가 나온 지 벌써 10년이 넘었다. 그럼에도 지역에서 펼쳐지는 문화행사나 축제에는 우리 지역의 특색을 가장 잘 살릴 수 있는 '사투리'의 흔적은 없고 외래어만이 난무하고 있다. 영어로 슬로건을 정하고 제목을 정하면 '세계화' 되는 것인가.

이런 가운데 동성로축제가 '천지삐까리'를 슬로건으로 축제를 열기 시작했고 컬러풀대구페스티벌도 '쪼로미 나란히 뻔뻔한 퍼레이드'라는 슬로건을 결정했다는 소식이 들려와 반갑다. 일부 사람들에게는 이미 '해설'이 필요한 슬로건일지는 몰라도 바로 들으면 '대구'가 연상되는 친근한 키워드다.

국립국어원 원장을 지낸 이상규 경북대 교수는 저서

『방언의 미학』에서 "방언은 억압받은 하나의 언어이며, 국어는 정치적으로 성공한 하나의 방언일 뿐"이라고 말한다. 그는 방언으로 우리말의 어휘를 늘려야 한다고 주장한다. 프랑스 자연주의 작가 플로베르의 일물일어설(一物一語說)은 문학 이외 분야에서도 중요하다. 하나의 사물이나 상황에 맞는 말은 오직 하나라는 것이다. 우리 지역의 가장 귀중한 재산은 바로 '방언'이 아닐까. 우리 지역의 정서를 가장 잘 표현하는 오직 하나의 말, 사투리, 그 사투리와 연관되는 지역성, 장소 그리고 인물 등을 문화 콘텐츠로 엮어 나가야 할 때다.

예술인들의 영혼이 깃든 도시

"우리 벌써 30주년이에요. 다음 달에 공연하니까 챙겨서 홍보 좀 도와줘요." 지역의 민간 오페라단 단장이 직접 작품 홍보 전화를 해 오셨다. 영남오페라단 김귀자 단장이었다. 민간 예술단체가 30주년이 된 것도 기록하고 축하할 일이지만 이렇게 일흔을 넘긴 단장이 직접 발로 뛰며 홍보하는 것이 새삼 반갑고 소중하다는 생각이 들었다.

문화예술기관, 단체가 늘어나고 예술 각 분야 전문 인력들이 양성되면서 이제 홍보도 전문 인력들이 별도로 맡아 하고 있는 것이 요즘 문화예술계 현실이다. 그것을 감안하면 김 단장님은 대구 문화예술의 과거와 현재를 이어주는 마지막 '연결 고리' 같은 존재가 아닐까 싶다. 연습실을 찾아갔을 때 그는 자신의 '선배들'에 비하면 편하게 작업하고 있는 것이라 했다. 20~30년 전만 해도 한 편의 공연을 만들기 위해서는 작은 무대 소품도 직접 만들어야 해야 했던 시절에 비하면 말이다.

비단 오페라 장르만 그런 것은 아니다. 지금도 많은 예술가가 어려운 환경에서 활동하고 있지만 과거, 예술에 대한 인식조차 제대로 없었던 시절에 비할 수는 없을 것이다. 우리 지역 예술계에는 어려운 환경을 딛고 오랜 역사를 이어온 단체가 여럿 있다. 30년을 넘긴 단체만 해도 대구오페라단, 영남오페라단, 대구심포닉밴드, 극단 원각사, 극단 처용 등이 있으며 20년을 넘긴 단체는 대구필하모닉오케스트라, 대구스트링스챔버오케스트라, 극단 함께사는세상, 가인, 예전 등 일일이 손꼽을 수 없을 정도로 많다.

문학 동인들의 역사도 뿌리 깊고 시각예술 단체 가운데는 50년을 훌쩍 넘어선 것도 많다. 인디예술가들의 정신적 고향 동성로 클럽 쟁이도 20주년을 넘었다. 예술단체뿐만 아니라 문화공간까지 거론하자면 지면이 부족할 것 같다.

근현대 대구예술인들의 역량을 모아 창단한 시립예술단은 어떠한가. 대구시립무용단, 대구시립합창단, 대구시립소년소녀합창단이 30주년을 훌쩍 넘어섰고 올해로 대구시립국악단은 30주년, 대구시립교향악단은 50주년을 맞았다. 대구시립무용단은 1960~70년대 현대무용 운동의 산물이자 국내 최고最古 국공립 현대무용단이다. 시립합창단은 전문 합창단이 없던 시절, 일반인이 힘을 모아 만든 민간단체에서 출발했다. 1950년대 6·25전쟁 후 경제적으로도 힘겹던 시절의 교향악 운동을 거쳐 1964년 창단한 대구시립교향악단은 고려교향악단(서울시향의 전신)과 부산관현악단에 이어 국내에서 세 번째로 긴 역사를 자랑한다.

대구 예술의 과거를 살펴보면서 참으로 뿌리가 탄탄하다는 것을 알 수 있었다. 이러한 뿌리를 바탕으로 그동안 대구를 일컬어 온 '사진의 수도', '구상미술의 중심지', '현대미술 운동의 발상지', '작곡의 도시' 등 다양한 수식어가 나올 수 있었던 것 같다. 수십 년을 이어 우리 지역을 지켜온 예술단체에는 일평생 자신의 예술세계를 구축하고 헌신한 수많은 예술인의 영혼이 깃들어 있다.

이제 그 예술적 저력을 바탕으로 우리는 국제적인 규모의 예술축제를 여는 도시가 됐다. 대학가와 전통시장, 젊은이가 많이 모이는 동성로 중심지에서는 크고 작은 예술축제가 연중 열린다. 외양이 이처럼 화려하고 풍성해진 이때, 오늘의 우리가 있게 한 대구 예술의 출발점을 다시 한번 되짚어 보는 것은 어떨까.

대구시립교향악단이 매회 정기연주회 프로그램 뒷면을 활용해서 단체의 역사를 정리하고 있어 반갑다. 어떤 거창한 기념사업보다 이처럼 소소한 역사 정리가 더 가치 있는 일 아닐까.

공연장으로 떠나는 시간여행

2014년 12월 열린 대구시립교향악단 50주년 기념 연주회 때의 일이다. 금요일이고 비까지 조금씩 내렸던 터라 택시를 타고 공연장으로 이동을 했다. 금요일 공연은 갈 때마다 차도 막히고 주차에 시간이 많이 걸리기에 그날은 택시를 선택했다. 행선지를 들은 택시 기사는 "공연도 보시고 참 여유 있게 사시네요."라고 말을 건넸다. '그래, 아직도 많은 사람에게 공연장은 여유가 필요한 곳이구나.'라는 생각을 하며 공연장으로 올라갔다.

그날 공연에서 대구시향 단원들과 상임지휘자는 완벽한 앙상블을 보여줬고 관객들은 한마음으로 박수를 보냈다. 그런데 문제는 바로 그때부터였다. 지휘자가 몇 차례 등·퇴장을 반복하며 인사하는 도중에 뒷자리에서부터 관객이 자리를 떠나기 시작하는 것이었다. 약간 어수선해진 분위기 속에 앙코르곡 연주가 시작됐다. 그 순간 자리를 뜨려던 사람들은 엉거주춤하게 다시 자리에 앉았고 단원들은 무대에 집중해 앙코르 곡을 들려줬다. 다시 박수가 이어지고 지휘자가 인사를 보내고 있는데 좀 전보다 더 많은 사람이 자리를 떠나는 것 아닌가. 객석이 어수선해진 것을 감지한 지휘자는 이내 악장의 손을 잡고 무대를 떠났다.

다른 날도 아니고 그날은 50주년을 축하하는 연주회 자리였다. 분위기만 좋으면 앙코르 곡을 한두 곡 정도 더 기대할 수도 있는 상황이었다. 필자 가까이 있던 다른 공연장 관계자조차도 필자에게 눈인사를 보내고 먼저 일어났으니 더 할 말이 없는 상황이긴 했다. 뒤에 들은 그 기획자의 변명은 금요일 차량 정체 걱정이 이유였단다. 그날 자리를 일찍 뜬 사람들은 그 사람처럼 인파가 몰리기 전에 자신의 차를 먼저 이동시키기 위해서였을 것이다.

더 심한 일은 그 이튿날 무용 공연이 펼쳐졌던 다른 공연장에서 일어났다. 옆자리 남자 관객이 계속 휴대

전화를 만지작거리는 것이었다. 주인공의 독무가 화려하게 펼쳐지고 있는데도 반짝반짝, 화려한 군무가 이어지는데도 반짝반짝…. 필자가 아무리 눈치를 줘도 액정 불빛을 반짝거려가며 휴대전화 속 누군가와 '소통'하는 것을 멈추지 않았다.

대형 뮤지컬 공연이 끝나고 배우들이 앙코르 곡을 부를 때면 관객들이 무대 바로 앞에까지 뛰쳐나가서 기립박수를 보내는 것을 예를 들며, 달라진 공연장 문화에 대해 찬사를 보내던 때가 바로 엊그제다. 그렇지만 최근 여러 공연장을 출입하면서 필자가 경험한 관객들의 관람 매너는 아직도 많이 부족하다.

대구시향 연주회의 예를 들었지만 앙코르 연주 때 혹은 객석에 불이 켜지기도 전에 관객들이 먼저 자리를 뜨는 것은 솔직히 하루 이틀 일이 아니다. 또 스마트폰이 일반화되면서 휴대전화 벨소리보다 더 큰 문제가 되고 있는 것이 공연 중 문자메시지를 주고받는 사람들의 액정 불빛이다. 일부러 시간을 내서 공연장을 찾았을 것인데, 왜 객석에 불이 켜지기까지의 시간을 견디지 못하는 것일까. 이것 역시 '빨리빨리' 문화의 산물이라 치부해 버리면 끝일까. 라이브 공연은 생물이다. 관객과의 호흡이 어떠냐에 따라서 그날의 공연의 질이 크게 달라질 수 있다.

영화 〈인터스텔라〉가 흥행을 하면서 '시간 여행'과 '상대성 원리'에 대한 관심도 높아지고 있다. 굳이 어려운 이론을 들여다보지 않아도 시간을 '상대적'으로 조정할 수 있는 것은 바로 사람의 '마음'이다. 온전히 무대에 몰입했을 때는 공연장에서의 두 시간이 마치 10분처럼 느껴질 수도 있다. 요즘은 시즌을 나눌 것도 없이, 연중 다양한 공연들이 펼쳐지고 있다. 일상을 떠나고 싶을 때, 가까운 공연장을 찾아 온전한 '시간 여행'을 즐겨보는 것은 어떨까.

문화와 교육의 행복한 만남

미국의 록그룹 '영 아메리칸스'가 한국을 다녀갔다. 영 아메리칸스는 전 세계를 돌아다니며 청소년들을 대상으로 한 공연예술캠프를 열고 있다. 영 아메리칸스가 청소년들과 호흡을 맞추는 시간은 '3일'이다. 3일 동안 참가하는 아이들과 영 아메리칸스의 단원들이 팀을 나눠 연습을 함께 한다. 단원들은 프로그램 기간 동안 학생들의 집에서 숙식을 함께 하며 생활한다. 그리고 마지막 날 3일째에는 음악극을 완성해 무대에 올린다.

그 과정에서 처음에는 소극적이었던 아이들도 어느새 음악에 몸을 맡겨 순간을 즐기게 된다. 자기도 모르는 새 스스로 무언가를 '표현할 수 있는' 사람으로 변해 있다. '영 아메리칸스'는 지금까지 전 세계 500개 도시를 다니며 30만 명의 10대들을 만나 여러 감동 신화를 이끌어냈다고 한다.

미국의 록그룹 예를 먼저 들었지만 우리 지역에서도 학생들이 일정기간 동안 문화예술인들과 함께 호흡하며 감정을 교류하고 예술체험을 해볼 수 있는 프로그램이 운영되고 있다. 대구문화예술교육지원센터가 기획한 '예술체험 프로젝트 3일'이 대표적이다.

'예술체험 프로젝트 3일'에 참가하는 학생들은 일정기간 동안 정형화된 학교 교육의 틀에서 벗어나 문화예술인들과 자유롭게 교류하며 여러 사람의 가치관이나 생각을 받아들일 시간을 가진다.

그중 한 프로젝트가 펼쳐진 현장을 찾아가 봤다. 결손 가정의 아이들이 많은 학교였다. 참여 예술인들은 최선을 다하는 것처럼 보였으나, 학생들은 의외로 와자지껄 시끄러운 분위기 속에서 체험 수업이 이어졌기에 그냥 이렇게 형식적으로 받아들이나보다 생각했다. 그런데 프로그램이 끝난 후 아이들의 반응은 예상을 넘어섰다.

프로그램이 마지막 순서로 주최 측에서 아이들에게

소원 하나, 소감 하나씩을 써서 나뭇가지 틀에 붙이도록 요구했다. 작은 쪽지 한 장 한 장에 적힌 글귀들은 정말 가슴 뭉클하게 하는 내용들이었다. '직접 작품을 만들어 전시를 해보니 너무 신기하고 재미있었다. 마치 유명한 작가가 된 기분이 들었다.' '엄마가 집에 돌아오셨으면 좋겠다.' '아빠가 집에 빨리 오셨으면 좋겠다.' '할머니가 오래 사셨으면 좋겠다.' '선생님 다시 또 오세요…' 아이들이 마음을 열지 않으면 쉽게 이야기할 수 없었을 내용이었다.

대학시절에 비슷한 경험을 한 적이 있다. 동아리 사람들과 매주 한 번씩 고아원을 찾아 아이들에게 공부를 가르쳤다. 한 달에 한 번씩은 체험행사를 준비해서 진행하고 함께 밥도 먹었다. 아이들 숫자가 워낙 많았던 터라 성적에서는 큰 효과를 거두지는 못했었던 것 같다. 그렇지만 아이들의 진로선택에는 큰 변화가 있었다. 이전에는 여자아이들은 고등학교도 채 졸업하지 않고 원을 나가 유흥업소 쪽으로 빠졌고 남자아이들도 유흥업소, 잘해야 식당에 근무하는 것이 대부분이었다.

하지만 대학생들과 교류를 하게 된 후로 대부분의 아

이들이 학교를 정상적으로 졸업하고 취직을 했다. 물론 몇몇 일탈하는 아이들도 있었지만 눈에 띄게 숫자가 줄었다. 시설 쪽에서도 큰 변화라며 기뻐했고 이후 우리 동아리가 주최하는 행사는 우선으로 반겼다. TV를 통해서나 볼 수 있었던 일반 대학생을 가까이서 만나 교류하며 아이들은 같은 시설 출신 선배들과는 다른 삶을 살 수 있다는 자신감을 가진 것이다. 세상을 보는 시야가 넓어진 셈이다.

남들이 보지 않는 면을 볼 수 있는 힘을 가진 사람이 예술가이다. 학창 시절 예술가들과 교류해 본 경험은 학생들이 넓은 세상을 보는 데 큰 도움을 줄 게 분명하다. 요즘 학생들이 문화예술에 많이 노출되어 있는 것 같지만 대부분이 '레슨'이라는 이름으로 불리는 사교육 위주인 것이 현실이다. 그나마 복지시설의 아이들과 저소득층 학생들은 경험해 볼 수 없다. 이런 때 대구문화예술교육지원센터에서 기획한 '예술체험 프로젝트 3일', '토요문화학교' 등을 비롯해 지역 내 문화 관련 기관, 단체에서 질 좋은 교육 프로그램들을 마련하고 있어 더 반갑다.

지역 내 문화 관련 기관 단체에서도 각 분야 지역 예

술가들을 강사로 초빙해 다양한 연령층을 대상으로 한 문화예술 교육프로그램을 진행하고 있다. 대부분 무료이거나 비용이 있어도 아주 저렴하다. 각 지역별로 조성된 생활문화센터의 경우, 문화예술 교육 프로그램뿐만 아니라, 수요자가 직접 동아리 활동까지 활동할 수 있도록 다양한 프로그램을 지원하고 있다. 내 이웃과 가족의 삶을 윤택하게 만들 수 있는 문화예술, 이제 우리 일상 가까이에 있다.

도심 속 역사의 현장을 찾아

주말이 되면 도심이 한산해진다. 주 5일 근무가 정착되면서 가족과 함께 주말마다 여행을 떠나는 사람들이 많아졌기 때문이다. 무작정 목적 없이 떠나는 여행보다는 테마, 이야기가 있는 여행코스를 선택하는 경우도 많다.

한류 열풍이 이어지면서 인기 드라마나 영화 촬영지가 여행코스로 우선순위에 꼽히고 지방 자치단체들이 각종 후원을 아끼지 않으며 촬영장 유치에 힘을 쏟고 있다. 유럽의 도시들이 여행을 꿈꾸는 사람들의 인기 장소로 손꼽히는 이유도 바로 그 도시들이 품고 있는 이야기 때문일 것이다.

인어공주 동상을 보기 위해 덴마크 코펜하겐을 찾고

독일 가곡 로렐라이의 무대가 된 라인강변 로렐라이 언덕을 찾아간다. 영화 〈로마의 휴일〉을 보고 로마의 스페인광장에서 아이스크림을 먹고 '진실의 입'을 찾아 손을 넣어본다. 세계 3대 미항 중 하나로 꼽히는 나폴리를 같은 이유로 희망 여행지로 꼽는 사람도 많다.

반면 '이야기'에 의해 멋지게 포장된 여행지의 모습에 큰 기대를 안고 찾아갔다가 적잖게 실망하게 되는 경우도 있다. 색이 바랜 모습으로 덩그러니 놓여있는 인어공주 동상, 황량한 바닷가 나폴리 항구의 모습만을 눈으로 확인하고 불만을 털어놓는다. 드라마 촬영장의 이기적인 상술에 실망해 고개를 젓게 되는 경우도 있다.

그렇지만 어느 곳을 가든 그것이 담고 있는 이야기의 힘은 그것을 향한 열린 마음과 함께하는 사람에 따라 다르게 느껴진다. 자신만의 이야기(향기)를 품고 있는 사람이 진짜 아름다운 사람이고 그것을 아는 것이 진짜 멋진 여행이 아닐까.

대구에는 대구의 근대 역사를 시민들의 '생활사' 중심으로 기술한 『대구신택리지』가 있다. 2001년부터 2006년까지 지난 5년간 대구에서 백두산 왕복거리에 가까운 약 2,000km를 (사)거리문화시민연대 조사팀이 직접 걸으며 제작한 워킹 가이드북이다. 구한말에서 최근까지의 도시 변천사를 공간과 장소를 중심으로 자세히 표기하고 있어 도심지 문화재와 명소, 문화공간의 흔적을 찾아 쉽게 방문할 수 있다. 동성로, 교동, 삼덕동, 대봉동…. 우리가 살고 있는 지역의 과거와 현재, 그리고 미래의 모습을 쉽게 가늠해 볼 수 있다.

300년 넘게 대구 경제를 견인한 서문시장과 약령시의 과거와 현재 모습, 세계 100대 기업 '삼성'을 키워낸 섬유산업, 서병오, 김광제, 이상화, 현진건, 이육사, 이인성, 이쾌대, 박태원, 권태호, 김석형을 키워낸 곳, 이곳 대구에 대한 '이야기'들이 즐비하다.

어린 시절 할아버지, 할머니 무릎을 베고 누워 '옛날' 이야기를 들으며 잠들었던 기억 하나쯤 있을 것이다.

『대구신택리지』가 담고 있는 '이야기'는 바로 우리네 할아버지, 할머니가 살아오신 '옛날'의 생활사다. 가족 3대가 함께 대구 도심을 걸으며 할아버지와 할머니가 학생시절 때 체험했던 이야기를 손자와 손녀들에게 들려주는 모습을 상상해 보자. 행복한 웃음이 절로

나오지 않는가?『대구신택리지』테마 코스를 따라 지역의 도심을 여행하며 우리가 살고 있는 지역의 과거와 현재, 그리고 미래의 모습을 쉽게 가늠해 보는 것도 좋을 듯하다.

이번 주말에는 대구 도심 속 역사의 현장을 찾아 그곳에서 가족만의, 자신만의 새로운 이야기를 만드는 멋진 여행을 계획해 보는 건 어떨까.

기분 좋은 만남

서울에서 내려온 한 원로 사진가를 만났다. 대구에서의 개인전을 며칠 앞두고 나선 걸음이었다. 그는 한국 현대사를 빛낸 원로들을 직접 만나 사진을 찍고 인터뷰를 곁들인 사진집을 발간했다. 그분들의 조언을 통해 이 시대를 살아가고 있는 사람들이 어려운 경제 상황을 뚫고 이겨나갈 힘을 얻기를 바란다는 것이 발간의 취지였다.

서울에서 전시회를 열었고 지방 순회로는 대구가 첫 방문지였다. 방문에 앞서 미리 필자에게 전화를 걸어온 그는 대구와 인연을 맺게 된 김에 지역의 원로를 몇 명 추천받고 싶다고 했다. 두 번째 사진집을 준비하기 위한 것으로, 한 분야에서 일가를 이루고 인격적으로도 훌륭한 분이어서 후대에 모범이 될만한 사람을 추천해 달라는 것이었다.

예술계에서 한 분야에서 일가를 이룬 사람을 찾기는 그리 어렵지 않은데, 인격적으로도 훌륭한 사람을 추천해 달라는 부분이 여간 고민스러운 게 아니었다. 기준으로 잡은 '인격'이라는 것이 어떤 잣대가 있는 것도 아니고 자칫 잘못했다가는 대구 지역에 대한 이미지만 손상될까 하는 우려까지도 들었다.

며칠 고민한 끝에 원로 서양화가 정점식 선생님을 소개하기로 하고 자택 방문길에 동행하기로 약속을 했다. 아흔을 넘긴 원로 화가의 댁에 팔순을 넘긴 원로 사진가를 모시고 가는 길은 매우 조심스러웠다. 고수高手끼리는 통한다고 하지 않던가. 짧은 시간이었지만 두 분의 대화를 곁에서 지켜볼 수 있었던 것이 필자에게는 커다란 행운이었다. 아흔 넘은 노화가에게 예를 갖추고 이런 저런 질문을 주고받는 팔순 사진가의 모습은 힘이 넘쳤다. 분야는 다르지만 예술계에서 오랜 세월 매진한 두 분의 모습은 마주한 그 자리에서도 환히 빛났다. 며칠 후 사진 촬영 약속을 정하고 가벼운 걸음으로 노화가의 집을 나섰고, 필자는 동대구역까지 그 사진가를 배웅했다.

　다섯 시간가량의 짧은 동행이었지만 사진가는 엘리베이터에서, 현관문에서, 식당에서 필자를 정중히 배려했으며 표정 하나, 말 한마디가 신중하고 깊이가 있었다. 그가 두 권의 사진집을 내면서까지 찾고 있는 진정한 원로의 표본이 바로 그 자신이 아닐까라는 생각까지 들었다. 짧은 주말 중 하루를 비워야 했지만 이보다 더 보람될 순 없는 하루였다.

아트 파탈arts fatale

불황이라고 해서 가격만 경쟁의 대상이 되고 있는 것은 아니다. 최근 IT 제품을 구매하는 소비주체로 여성이 떠오르면서 여성을 타깃으로 하는 제품이 잇따라 출시되고 있다. 가격과 기능 못지않게 디자인과 색상을 중시하는 이들 여성 구매족을 겨냥해 '테크 파탈tech fatale'이라는 신조어까지 만들어졌다. 테크 파탈은 기술을 의미하는 '테크tech'와 영향력이 높은 여성을 뜻하는 '팜 파탈femme fatale'을 합친 말이다.

문화예술계도 여성 관객을 모으기 위한 '여심女心' 공략 마케팅 기법 개발이 한창이다. 공연장에서는 여성들이 관객의 70%를 차지한다. 남자들끼리만 공연장을 찾는 경우는 어지간해서는 드물다. 남성들의 경우,

여성의 손에 이끌려 공연을 처음 접하는 경우가 대부분이다. 이쯤 되면 여성 관객들을 '아트 파탈arts fatale'로 지칭할 법하다.

이들 '아트 파탈'들을 위해 동성로에 위치한 한 소극장은 관객과 배우가 함께 찍은 사진을 아기자기하게 전시하고 뷰티와 패션 관련 무가지를 가져가도록 배려하고 있다. 공연이 끝난 뒤 신청자에 한해 무대 위에서 연인에게 프러포즈할 기회를 제공하기도 한다. 연인들을 대상으로 하는 커플 할인 이벤트 현장에서는 커플임을 확인할 수 있는 커플룩, 커플반지가 없을 경우 즉석에서 키스를 하는 '깜짝' 놀랄만한 현장이 목격되기도 했다.

매년 가을 대구에서 열리고 있는 아트페어의 경우 여성 관람객들과 구매자들이 많았다는 것이 관계자들의 설명이다. 갤러리 운영자와 컬렉터들이 여성인 경우도 급격히 늘어나고 있는 것도 좋은 예다. 공연계에서도 핵심 역할을 하는 여성 연출가와 기획자들이 많아지고 있다. 그렇다보니 여성 관객들을 위해 여성 화장실 숫자를 늘린다거나 휴게 공간 마련 등 여성 관객의 마음을 섬세하게 배려하는 문화시설들도 늘어나고 있다.

연이어진 불황으로 인해 문화예술계도 어려움을 겪고 있다. '언제 넉넉했던 적이 있었던가.' 라는 한 화가의 말이 가슴 아프게 기억에 남는다. 우리 지역을 지키며 스스로의 예술 세계를 일구어가고 있는 예술가들의 향연이 펼쳐지는 문화 현장으로의 나들이를 계획해 '아트 파탈' 이 되어보는 것은 어떨까.

예술혼과 고통

  첼로 전공 학생들 사이에서는 지역의 중견 첼리스트 박경숙 씨의 왼손 사진이 화제를 모으고 있다고 한다. 필자도 소문을 듣고 사진을 입수해 보니 손가락 마디가 튀어나와 있고 둥근 모양으로 알이 밴 것이 조금 과장해서 표현하면 마치 개구리 발 모양 같았다. 학생들은 첼로를 잘 연주하려면 손이 그렇게 될 정도로 연습을 많이 해야 한다며 사진을 돌려보고 있었다. 사진이 조금 과장되게 촬영되긴 했지만 실제로 살펴본 그의 손은 마치 막노동을 한 남자의 그것 같았다. 그는 어디 가서 손을 내놓기 부끄럽다며 서둘러 손을 감췄지만 그 손이 흉하게 보일 리 있겠는가.

  가까운 우리 지역의 첼리스트 이야기를 했지만 발레

리나 강수진과 축구선수 박지성의 발 사진은 많은 사람들이 기억하는 사례다. 이들의 신체적인 변형(?)으로 짐작할 수 있듯 예술이든 스포츠든 한 분야에서 두각을 나타내기란 그리 쉬운 게 아니다.

현악기 연주자들의 경우 굳은살 정도를 넘어서서 손가락과 손목, 그리고 팔꿈치, 어깨 순으로 통증을 호소하는 경우가 많다. 피아니스트들은 손목과 손가락, 타악기 연주자들은 손과 팔의 이상을 많이 호소한다. 의학 용어로 '과사용 증후군' 이라는 말이 따로 있을 정도다. 한국무용의 경우 앉았다 일어나는 동작이 많아 허벅지가 굵어진다는 애교스러운 고통을 호소하지만 현대무용의 경우는 부상의 정도가 심각하다. 상대 무용수를 가볍게 들어올렸다 놨다를 반복해야 하는 남성 무용수의 대부분이 허리와 목 디스크로 고생하고 있다고 한다. 무용수들의 무대 생명이 40세 미만으로 짧은 것도 이런 이유 때문이라고 하니 안타까운 일이 아닐 수 없다.

캔버스 위주로 작업하는 화가들의 경우 원하는 질감과 색을 내기 위해 안료, 수지(FRP), 페인트, 본드 등 유해 독소를 지닌 재료를 쓰기 때문에 두통, 시력감퇴,

피부 알레르기, 호흡기 장애 등을 호소하는 경우도 있다. 돈이 없는 젊은 작가들의 경우, 싼 재료로 기대 효과를 내려다 보니 고통을 호소하는 경우가 더 많다고 한다. 예술혼과 맞바꾼 고통, 작가들의 필연적 선택인가 보다.

스타를 만들자

원로 서양화가 극재克哉 정점식 화백의 작품이 2009 부산국제영화제 공식포스터로 채택되었다. 이 포스터는 부산국제영화제 홍보 일정에 맞춰 전세계에 배포되었다. 포스터에 사용된 원화는 정 화백의 1990년대 작품 〈밤의 노래〉로 부산국제영화제 김동호 집행위원장이 직접 포스터로 사용할 것을 추천했다고 한다.

필자는 사석에서 김동호 집행위원장이 정 화백의 작품과 인연을 맺게 된 이유를 듣게 됐다. 김동호 집행위원장이 대구를 방문했을 때, 정 화백의 제자인 지역의 패션디자이너가 정 화백의 화집을 선물한 것이다. 이후로 김동호 위원장은 정 화백의 작품에 관심을 갖게 되었고 서울에서의 초대전 때도 관심을 갖고 찾아보았다고 한다. 또 부산국제영화제 측에서 정 화백의 작품을 포스터로 활용하고 싶다고 제안했을 때에는, 정 화백의 다른 제자가 직접 나서서 슬라이드를 찾아 전달하는 등 노력을 기울였다고 한다.

부산국제영화제의 명성과 정 화백의 명성을 같은 선상에서 비교할 수 있는 것은 분명 아니다. 그렇지만 우리 지역 원로 화가의 작품이 우리나라를 대표하는 영화제와 함께 전 세계에 이름을 알리게 됐다는 사실은 자랑스러워할 만한 일이다. 또 이런 인연이 정 화백을 존경하는 제자들이 그를 홍보하는 과정에서 비롯되었다는 사실에 주목할 만하다. 제자가 처음 화집을 선물했을 때에는 이렇게 인연이 이어질 것으로 예상하진 않았을 것이다. 지역을 찾은 유명인사에게 우리 지역의 예술인의 화집을 선물할 수 있다는 점, 또 그럴만한 예술인이 있다는 점이 얼마나 자랑스러운 일인가.

지역의 예술을 걱정하는 사람들은 우리 지역에 '스타가 없다.'는 이야기를 하곤 한다. 정말 스타가 없어서 없다고 하는 것일까. 정 화백이 아니라도 '지역'이라는 단어로 한정해서 평가하기엔 아까운 예술인들이 적지 않다. 아주 작은 사연도 스토리를 입으면 그 가치가 배가 된다. 근대기 이후 일제강점기, 6.25전쟁 등 한국 현대사의 격동기를 거치며 예술 세계를 일군 이 땅의 예술가들의 이야기를 찾아보자. 그들이 남긴 이야기를 널리 알리는 일이 바로 우리 지역을 사랑하는 일이며 홍보하는 일 아닐까.

입소문 마케팅

필자는 TV를 잘 보지 않는다. 아이들 교육을 위해서라거나, 여가 시간에 TV를 보느니 독서를 하겠다는 등의 특별한 가치관을 가진 것은 물론 아니다. 초보 워킹맘으로서의 삶이 생각보다 팍팍해서 TV를 켤 여유를 찾지 못하는 것이니 '보지 못한다'는 표현이 더 맞을 수도 있겠다. 소위 말하는 '국민 드라마'도 종영하기까지 한 번도 보지 못한 경우가 많다. 한창 방영될 때는 물론이고 종영된 후에도 광고나 신문, 잡지 기사 헤드라인 등에 드라마 제목이 패러디 되고 있을 정도로 영향력이 큰 드라마라도 말이다. 그러다 보니 드라마가 방영된 다음 날에는 동료들의 대화에 끼지 못하고 혼자 소외된 느낌을 가진 적이 한두 번이 아니다.

이렇듯 남들이 한번씩 봤다는데 나만 안 본다는 것은 왠지 시대에 뒤떨어지는 느낌을 갖게 된다. 역으로 '남들이 한 번씩 봤다' 는 입소문은 큰 광고 효과를 가져온다. '밴드왜건 효과' 라는 말이 있다. '밴드왜건bandwagon' 대열의 앞에서 행렬을 선도하는 악대차)이 연주하면서 지나가면 사람들이 궁금해 모여들기 시작하고, 몰려가는 사람을 본 많은 사람들이 무작정 뒤따르면서 군중들이 더욱 불어나는 현상을 비유한 것으로, 남이 하니까 나도 한다는 식의 편승 효과라고 할 수 있다.

지역의 소극장에서도 이런 '밴드왜건 효과' 를 노린 '입소문 마케팅' 이 큰 힘을 발휘하고 있다. 짧게는 1주일에서 길게는 3개월까지 장기공연을 기획하는 소극장들이 많아지고, 공연 정보를 인터넷을 통해 얻는 사람들이 늘어나면서 미리 본 관객들의 '입소문의 힘' 이 크게 작용하게 된 것이다. 소극장들이 저마다 소셜 네트워크 서비스 계정에 관람 후기를 남기는 사람에게 공연티켓을 선물하는 등의 이벤트를 벌이고 있는 것도 '입소문 마케팅' 을 활용하고 있는 좋은 예다.

해외나 여행지에서 '이미' 입소문난 공연장, 전시장, 박물관을 찾아 기념사진을 남기는 것보다, 우리 지역 예술인들의 활동 무대를 찾아보자. 가까운 전시장을 둘러보거나 소극장 연극을 한 편 관람하고 주위 사람들에게 '입소문'을 내보는 건 어떨까. 지역 문화예술을 자랑하는 새로운 '트렌드'를 만드는 주체가 될 수 있을 것 같다.

세대

봄비는 도심을 걸어가는 부모와 아이의 눈높이를 위트 있게
지적한 만화가 있다. 어른들은 화려한 쇼윈도와 경치를 즐기지만
아이들의 눈에는 행인들의 다리밖에 보이지 않는다.
부모들은 세계적인 공연작품의 예술세계를 아이들이
느껴보길 원하지만, 정작 아이들은 옆자리에서 함께 시간을 보내는
엄마의 체온이 따스하고 좋다는 생각만 할 수도 있다.

청도 며느리

청도에 다녀왔다. 겨울 산행 혹은 드라이브를 위해서가 아니라 시댁 어른들을 찾아뵙기 위해서였다. 결혼 전 청도는 드라이브 코스 혹은 갤러리, 작가 작업실을 찾기 위해 들르는 곳이었는데 이제는 시댁의 대명사가 되었다.

시댁은 팔조령을 지나 차로 30분을 달리면 도착할 수 있다. 요즘은 길이 좋아져서 그렇지만 10여 년 전만 하더라도 산을 굽이굽이 넘어야 들어갈 수 있는 산골 마을이었다고 한다. 결혼 후 인사차 들렀을 때 이웃 할머니께 제일 먼저 들은 말이 "우째 이런 골짜기로 시집왔노?"였으니까.

시댁은 일찌감치 현대식으로 집을 다시 지었지만 그

살림살이는 도시의 가정집과는 많이 다르다. 마당 안쪽에는 정미기, 경운기가 놓여있고 소죽을 끓이기 위한 커다란 가마솥도 걸려 있다. 평소에는 어른 두 분만 계시지만 명절 때는 작은 아버님, 고모님 가족까지 수십 명이 모여 숙식을 함께하기에 이불과 그릇이 이불장, 찬장마다 가득하다.

한겨울 농촌 풍경은 한가롭기 그지없다. 집 앞 논밭에는 미처 거두지 못한 볏짚만 몇 뭉치씩 놓여 있을 뿐 앙상한 감나무 가지만큼이나 휑하다. 몇 주 전 가을걷이가 한창일 때와는 사뭇 다른 풍경이다. 마당에 높이 쌓여있던 콩 줄기도 싹 걷히고 없다. 대신 거실 한쪽에는 메주가 주렁주렁 매달려있고 부엌에는 김치 통이 가득하다.

이번 시댁행의 명목이 '김장 거드는 것' 이었는데 어머니가 일찌감치 담가놓으셨다. 제각각 맞벌이로 바쁜 자식들을 배려해서다. 죄송스러운 마음도 잠시, 얼른 김치 한 포기를 꺼내 쭉쭉 찢어 맛을 본다. "우와, 역시 이 맛이에요. 어머니." 어머니 김치는 동네에서도 맛이 좋기로 소문나 있다. 장맛은 더 일품이다. 자식들뿐만 아니라 서울과 울산, 부산 등에 떨어져 사시는 친척들도 어머니 장을 꼭 챙겨 얻어 가신다. 일생을 대가족의 맏며느리로 살아오신 어머니는 해마다 당신 자식 넷에 여섯 동생들 몫까지 넉넉히 장을 담그신다.

힘든 가을걷이를 끝낸 직후이니만큼 편히 쉬시라 해도 금세 다른 일거리를 찾아 하신다. 엊그제는 근처 절에 가서 김장 품앗이를 하고 오셨다고 한다. 평생 호사스러운 휴식 한 번 가져보지 못한 어른이다. 따뜻한 아랫목을 파고들어 이런저런 이야기를 나눌 즈음, 앞집 할머니가 건너오신다. "아이고, 손부 왔나. 애들 델꼬 고생 많제?" 촌수를 헤아릴 수는 없지만 일가라는 이유로 할머니는 나를 '손부'라고 부르신다.

지금은 이렇게 시골의 생활 주기를 담담하게 이야기하게 됐지만 그 과정은 참으로 쉽지 않았다. 결혼해서 주말마다 남편과 달콤한 여가시간을 보내겠다는 단꿈은 신혼 때부터 일찌감치 깨졌다. 사시사철 크고 작은 일거리들이 많은 시골이니, 주말마다 청도로 달려가야할 때가 많았다. 농사일이 없을 때도 시골의 가족 문화는 식사만 간단하게 하고 헤어지는 도시의 그것과는 차원이 다르다. 더불어 자고 살을 부대끼며 몇 끼는 함께해야 제대로 다녀가는 것이다.

일요일 저녁 집으로 돌아오면 밀린 집안일과 피로감으로 부부싸움을 한 때가 한두 번이 아니었다. "'청담동 며느리'의 삶까지는 바라지도 않아. 그냥 일반 도시 며느리처럼 살고 싶어."라고 외친 적도 많았다. 직장 일이 소위 '청담동 며느리'들이 좋아하는 문화생활과 가까이 있는 것이니 더더욱 그러했다.

그러다 아이들이 하나둘 생기면서 조금씩 달라졌다. 물론 시어른들과 함께한 세월이 길어지면서 서로를 이해하는 폭이 넓어졌기 때문이기도 하다. 집에 가라는 말씀 한 번 없으셨던 어른들도 피곤하니 일찍 가서 쉬라 하시고 나도 요즘에는 진심으로 괜찮다고 하고 더 머물러 있다 나올 때도 있다. 그림책과는 달리 부리부리하게 큰 눈과 길게 뺀 혀가 무섭다며 소를 싫어하던 딸아이도 요샌 소죽 줄 때가 되면 번개같이 할머니를 따라 우사로 들어간다. 어머니 장 담그는 비법을 전수받아서 노후대비를 해야겠다는 생각도 해보게 됐다.

집으로 돌아오는 길, 차 트렁크 안에는 쌀, 무, 콩, 배추, 호박, 된장, 간장이 가득 들어앉아 있다. 어머니는 이런 저런 곡식과 반찬들을 자식 수만큼 봉지에 나눠 담아 주셨다. 철없이 이런 것들을 귀찮아했을 때도 있

었지만 이제는 그 넉넉한 마음까지 함께 받아 가져간
다. 언젠가는 나도 어머니처럼 손수 담근 장과 김치,
반찬들을 봉지 봉지에 담아두고 자식들을 기다리게 되
겠지. 어머니와 같은 청도 며느리니까.

일상에서 만난 스승

디리링~. 페이스북 메시지 도착 알림 소리에 눈을 떠 보니 아침이다. 누굴까. 한 시인이 보낸 메시지다. "임 선생, 어제 누가 나더러 유쾌한 사람이라더군. 유쾌하다는 단어에 지배받아 하루가 행복했어. 오늘은 임 선생이 유쾌한 하루가 되길 바라요."

'유쾌하다'는 단어에 '지배받다'니…. 참으로 시인다운 표현이 아닐 수 없었다. 그 시인이 전해준 행복 바이러스 덕에 나는 그날 하루가 즐거웠다. 그러고 보면 사용하는 어휘에 따라 사고와 존재가 결정될 때가 많은 것 같다.

아이들이 두 돌 무렵 백화점에 갔을 때의 일이다. 두 돌이 채 되지 않은 아이를 데리고 쇼핑을 하는 일은 어지간히 힘든 일이 아니다. 쇼핑보다는 천방지축 뛰어다니는 아이 돌보기에 지쳐 잠시 벤치에 앉아 쉬는데 아이는 그새를 못 참고 정수기를 향해 돌진하듯 달려갔다.

"안 돼, 안 돼!"를 외치며 아이를 잡는데 옆자리 앉아 계시던 노신사 한 분이 조심스레 말을 건네셨다. "아이한테 '안 돼.'라는 단어를 쓰기보다 다른 표현을 한번 찾아보세요. 어린아이에게 부정적 어휘를 쓰는 것은 좋지 않아요." 순간 머리가 휑해졌다. 그러고 보니 '안 돼.' 대신 '이쪽으로 와봐. 저쪽에는 뭐가 있을까?' 등의 말로 아이를 유도할 수도 있었겠다 싶었다.

'안 돼, 하지 마, 그만.' 생각해 보면 그동안 아이들에게 습관적으로 내뱉은 부정적 어휘가 한두 가지가 아니었던 것 같다. 앞서 시인의 말처럼 말에 사고가 지배를 받는다고 생각해 보면 번뜩 정신이 들었다. 의식적으로라도 어휘를 잘 골라 써야겠다 싶었다. 말은 영혼에 스며드는 물방울이라고도 한다. 일상적으로 부정적인 단어들을 내뱉은 것은 아이와 나의 영혼에 대한 폭력이었던 것 같다.

신문에 실린 '대리운전기사 체험기' 기사를 읽다 보

니 과거 한 만남이 떠올랐다. 어느 한적한 주택가에서 지인들과 모임을 가진 후 대리운전을 신청하게 됐다. 초행길에 찾기 어려운 위치였던지라 기사 아저씨가 근처에서 30분 이상을 헤매며 수차례 통화를 반복한 후에야 만날 수 있었다.

게다가 목적지도 산 아래 조용한 동네라서 다음 '콜'을 받기 힘든 곳이었으니 이래저래 눈치가 보이는 상황이었다. 낯선 아저씨에게 차를 맡기고 동승해 집까지 가는 것도 찜찜한데 짜증까지 내면 어쩌나 하는 생각에 마음이 무거웠다.

그런데 의외로 밝은 표정으로 차에 오른 아저씨는 '이렇게라도 만나서 다행'이라며 말문을 열었다. 아저씨는 이런 날이 있으면 운 좋게 연달아서 좋은 콜을 받을 때도 있으니 '본전'이라고 하셨다. 슬슬 마음이 놓이고 조금씩 취재 본능도 일기 시작하면서 한두 마디 말을 건네기 시작했다.

"술 마신 사람들이 손님이라 별사람 다 있을 텐데 힘드실 것 같습니다." "아닙니다. 저는 일을 하면서 인생을 배웁니다. 요즘은 술을 과하게 마신 사람도 거의 없을뿐더러 다시 만날 확률이 없는 사람이라 그런지 제게 부담 없이 속마음을 터놓는 이야기를 합니다." 아저씨는 목적지까지 가는 짧은 시간 동안 어려운 경제 이야기에서부터 소소한 가정사까지 다양한 화제가 오간다며, 연배가 있는 손님에게는 인생을 배우고, 더 젊은 손님을 만나면 한 수 인생을 가르쳐 줄 수 있어 보람 있다고 했다.

일본 만화가 아베 여로의 『심야식당』이라는 만화가 있다. 자정부터 오전 7시까지 문을 여는 이 식당에는 일반인들과는 조금 동떨어진 생활을 하는 사람들이 손님이다. 술집 종업원부터 스트리퍼 댄서, 야쿠자에 이르기까지 남들과 다른 시간에 하루를 시작하거나 마감하는 사람들이다. 마음씨 좋은 식당의 주인은 손님들의 사연을 들어주고 원하는 메뉴를 척척 만들어주는 것으로 그들의 인생을 보듬어 준다. 심야식당의 주인장처럼 제가 만난 대리운전기사 아저씨 또한 자의로든 그렇지 않든 그에게 운전을 맡기는 사람들의 인생을 보듬어 주었을 것이다.

『시크릿』의 열풍에 이어 『꿈꾸는 다락방』이라는 책에서 소개된 자기 계발법이 다시 화제를 모았다. 『시크릿』이나 『꿈꾸는 다락방』의 공통적인 명제는 'R=VD'

즉, '생생하게(vivid) 꿈을 꾸면(dream) 이루어진다 (realization).'는 것이다. 참으로 믿어 봄 직한 명제 아니 겠는가. '생생한 꿈'에 전제하는 것이 '긍정적 사고' 이며 꿈을 이루는 지름길이 긍정적인 말과 행동에 있 지 않을까 생각해 본다.

공연장 미취학 아동 동반기

어이없고 부끄러운 사건이 있었다. 주말 오후 초등학생과 일곱살 아이를 데리고 뮤지컬을 보러 갔던 때의 일이다. 공연장으로 향하면서도 아이 때문에 입장에 제한이 있을 것이라는 생각을 전혀 하지 않았다. 아이들이 볼만한 작품이라는 생각만 했다. 다행인지 아닌지 많은 관객과 동시에 문을 통과하면서 무사히 객석에 앉았고 1부 공연을 즐겁게 관람했다. 공연 내내 초등학생 딸아이와 작은아이 모두 집중해서 공연을 봐서 속으로 기특해했다.

그런데 사건은 휴식 시간 직후에 발생했다. 볼일을 보고 급히 공연장으로 들어서는데 극장의 좌석 안내원이 아이에게 '몇 살이냐'고 물은 것이다. 아이는 일곱

살이라고 대답했고 그 안내원은 단호하게 입장불가를 얘기했다. 그는 2층 모자 동반실이라는 유리창이 설치된 곳으로 우리를 몰아가듯 안내했다. 1부에 아무 문제 없이 공연을 잘 봤는데 왜 그러냐고 항의를 해도 소용없었다. 규정이라는 짧은 답만 돌아왔다. 모욕감이 느껴졌고 불쾌했다.

주변을 둘러보니 아이 네 명과 엄마들이 앉아 있었다. 모두 일곱 살이라고 했고 초등학생 덩치의 남자아이도 있었다. 그 아이의 엄마는 자신의 아이는 공연을 잘 관람하는 편이며 지금까지 이 공연장에서조차 이렇게 '걸린' 적이 없다고 열변을 토했다. 같이 쫓겨난 엄마의 입장에서 그 엄마의 심경이 충분히 이해됐다.

평소 알고 지내던 그 공연장 하우스매니저에게 항의 문자를 보낼까 하는 생각도 했다. 그러다 정신이 번쩍 들었다. '아차, 내가 실수했구나!' 공연 관계자로 일하며 소위 관련 에티켓을 알 만한 사람인 필자가 어처구니없이 '내 아이는 다르다'는 생각을 한 것이었다. 그곳에 있는 엄마들에게 이 공연장이 좋은 이미지를 유지하는 것이 이런 철저한 관리 때문이라니 이를 받아들여야 한다고 말해줬다. 납득하는 사람도 있었고 끝까지 화를 내고 있는 사람도 있었다. 공연이 끝나고 공연장 안내판 등을 꼼꼼히 둘러보니 입장권을 구매하더라도 여덟 살 미만의 아동은 입장이 안 된다는 것이 적혀 있었다.

다음 날 직장에 출근해서 공연장 관계자들에게 이 경험을 거론하며 얘기를 나눴다. 공연장 하우스 매니저들이 모여 회의를 하면 제일 힘든 것이 미취학 아동 입장 제한이라고 한다. '내 아이는 다르다'고 주장하는 부모들의 거센 항의를 받는 것이 제일 대처하기 힘들다는 것이다. 회의 때마다 입장 제한 연령에 대해 논의하는데, 제일 항의가 심한 일곱 살까지 허용한다면 앞으로 여섯 살에 대한 문제가 이어질 것이라고 했다.

실제로 대부분의 문화예술 관계자들은 자신의 아이들을 공연, 전시장에 잘 데려가지 않는다. 그들은 아이들에게 큰 무대를 보여주는 시기를 중·고등학교 이후로 잡는다. 솔직히 취학 아동인 초등학생도 3시간에 가까운 뮤지컬, 오페라 공연을 견디기란 쉽지 않다. 오페라나 뮤지컬 작품에 대해 곰곰이 생각해 보자. 내용이 얼마나 철학적인가. 또 다양한 무대 메커니즘을 아이들이 제대로 받아들일 수 있을까. 교향곡에 담긴 작곡가의 음악 세계를 이해하기에도 초등학생은 너무 어리다.

사람들이 붐비는 도심 거리를 걸어가는 부모와 아이의 눈높이를 위트 있게 지적한 한 만화가 있다. 어른들은 화려한 쇼윈도와 경치를 즐기지만 아이들의 눈에는 행인들의 다리밖에 보이지 않는다. 부모들은 세계적인 공연작품의 예술세계를 아이들이 조금이라도 느껴보길 원하지만, 정작 아이들은 옆자리에서 함께 시간을 보내는 엄마의 체온이 따스하고 좋다는 생각만 할 수도 있다. 잘 살펴보면 부모와 함께할 수 있는 아이들을 위한 문화예술 프로그램도 많이 있다. 이제 문화예술 교육에도 아이들의 '눈높이'를 생각하자.

아이들은 현재를 살아가고 있다

대학 후배가 만남을 청해왔다. 필자와 얼굴을 마주한 후배는 아기를 위해 어떤 책과 장난감을 사면 좋을지를 물어왔다. 인터넷 육아사이트의 정보는 넘쳐나는데 선택이 어렵다고도 했다. 그 후배의 아이는 생후 100일이 갓 지난 터였다. 겨우 스스로 몸을 뒤집을 수 있는 아기를 위해 책과 장난감을 고민하기 시작한 아기 엄마, 그 엄마를 고민하게 하는 것은 바로 '불안'이다. 필자 또한 세 아이를 기르면서 끝없는 불안과 싸워왔고 또 마주하고 있기에 그 후배를 별스럽다고 탓할 수 없었다.

많은 부모들이 아이가 스스로 앉을 수만 있으면 각종 문화센터로 데려가고 초등학교 입학을 앞둔 7세 시기를 마치 수험생 부모와 같은 마음가짐으로 설계한다. 워킹맘들이 휴직하거나 과감히 직장을 그만두는 시기도 이때가 많다. 부모들은 끝없이 불안하다.

아무런 대비(?) 없이 아이를 초등학교에 보냈던 필자도 좌충우돌 끝없는 고민에 시달려 왔다. 끝없이 사교육 시장을 탐색하는 주변 학부모들의 말보다 '사교육 실태' 어쩌고 하는 뉴스들이 더 불안하기도 했다. 필자를 위한답시고 둘째부터는 영어 유치원에 보내라는 조언(?)을 해주는 친구에서부터 초등학교 때 확실하게 수학을 끌어올려 두라는 선배에 이르기까지 쏟아지는 '정보'도 버거웠다.

아기 때부터 다양한 자극에 노출된 요즘 아이들을 '진화된 인종'으로 분류하고 우리가 자랄 때와는 다른 더 높은 수준의 교육도 받아들일 수 있다고 단언하는 사람도 있었다. 무엇보다 엄청난 사교육비를 감당해 내는 부모의 능력도 신기했다. 자녀 교육에 올인한 학부모들이 급기야 'ㅇㅇ대학 학모모임', '군대 내무반 엄마 모임'을 만든다더니 그 현장이 이런 모습이구나 싶었다.

유기농 음식을 먹이고, 아이가 마음껏 뛰어놀고, 스

스로 무엇인가에 몰입할 수 있도록 지켜봐 주기만 한다는 공동육아 모임의 육아방식이 솔깃했지만, 현재의 터전을 버리고 과감하게 그 동네로 이사할 만한 용기도 없었다. 급기야 육아를 도와주시는 친정아버지께서 "다른 애들은 수학, 영어, 논술 학원을 다닌다. 아이가 뒤처지지 않게 얼른 학원부터 알아봐라." 며 필자를 나무라실 때는 정말이지 '오 마이 갓' 이었다. 이런 교육 현장을 생각했으면 아이 셋을 낳지 않았을 것이라 외치며 머리를 감쌌다.

'나' 가 아닌 '아이' 가 살아갈 미래를 어떻게 감히 예상하고 보장할 수 있을까. 어떻게 중심을 잡아야 할까. 아이들은 하루가 다르게 커가는데 계속 불안해하고 이리저리 쫓아다닐 수는 없겠다 싶었다. 닥치는 대로 육아관련 책을 읽기 시작했다. 육아 선배, 사교육에 종사하는 대학 선배에 이르기까지 만나는 사람마다 묻고 답하기를 이었다. 한동안 그러고 나니 선행학습, 영어 조기교육 등은 불필요하다는 '남' 이 아닌 '나' 의 결론이 내려졌다. 필자처럼 생각하는 사람들이 모인 인터넷 카페에도 회원으로 가입했다.

미하엘 엔데의 소설 『모모』에 베포라는 청소부가 나

온다. 베포는 말한다. "때론 우리 앞에 아주 긴 도로가 있어. 너무 길어. 도저히 해낼 수가 없을 것 같아. 그러면 서두르게 되지. 점점 더 서두르는 거야. 허리를 펴고 앞을 보면 조금도 줄어들지 않은 것 같지. 그러면 더 긴장되고 불안할 거야. 한꺼번에 도로 전체를 생각해서는 안 돼. 알겠니? 다음에 디디게 될 걸음, 다음에 쉬게 될 호흡, 다음에 하게 될 비질만을 생각하는 거야. 그러면 일을 하는 게 즐겁지. 그러면 일을 잘해낼 수 있어. 한 걸음 한 걸음 나가다 보면 어느새 그 긴 길을 다 쓸었다는 것을 깨닫게 되지." 우리 아이들에게 중요한 것은 베포처럼 현재의 시간을 누리는 게 아닐까. 아이들은 '현재'를 살아가고 있다.

이기적인 세대

친정 엄마가 당뇨병 진단을 받으셨다. 원래 혈압이 높았는데 당뇨병 진단까지 나온 것이다. 의사는 당분간 절대안정이 필요하다고 했다. 일평생 크고 작은 병치레를 하셨던 아버지와는 달리, 엄마는 당신 스스로 철저하게 건강을 관리해 오셨던 터라 병을 받아들이기 힘들어하셨다. 엄마는 자주 우울해하면서 짜증을 내고 급기야 "10년이다, 10년. 내 인생에서 10년이 너희 애들에게 고스란히 다 가버렸다."는 말까지 내뱉으셨다. '니 애는 니가 직접 키워라.' 는 말은 표정으로 드러났다.

친정 엄마의 컨디션 저하와 함께 필자는 집안에서 죄인이 돼버렸다. 아이를 하나도 아니고 셋씩이나 낳아

맡겼으니 이만저만 큰 죄를 지은 것이 아니다. 자식은 '신기'하고 손자는 '신비롭다'는 표현은 가끔 귀여운 모습을 볼 때나 할 수 있는 이야기다. 아이 셋과 함께하는 일상은 노년의 육체에는 벅찬 일이다. 여하튼 지금도 마찬가지고 앞으로 엄마가 어떤 병을 앓게 되든 큰 원인은 바로 나와 우리 아이들임에 틀림없다.

우선은 앞으로 어떻게 건강관리를 하도록 하는지가 관건이었고, 그다음은 엄마에게 피로를 주는 가장 큰 원인인 나의 아이들을 어떻게 할 것인가가 문제였다. 주변 사람들에게 자문하고 인터넷으로 의학 정보를 검색해 봤다. 당뇨와 고혈압은 위험한 지병이지만 현대인들에게는 어쩔 수 없이 노화와 동시에 받아들여야 할 '친구'와 같은 것이라는 결론에 이르렀다. 평생 잘 달래고 관리해야 할 친구와 같은 병 말이다.

비슷한 상황에 처한 사람들의 조언을 듣고 혈당 측정기와 식이요법 책을 사고 나니, 첫 진단을 받았을 때와는 달리 희한하게도 모든 상황이 '객관화'가 됐다. 처음처럼 엄마를 아이들로부터 해방시켜 드려야겠다는 생각도 살짝 수그러들었다. 자식이 이래서 이기적인 건가 싶으면서도 엄마도 현실을 빨리 받아들이길 바라게 됐다.

그래도 시간은 필요했다. 논의 끝에 엄마는 집으로 돌아가서 쉬면서 생각해 볼 시간을 가지고, 나는 아이들이 평소 함께 하고 싶어 했던 일들을 해보기로 했다. 여름휴가를 겸해 일주일 정도 시간을 비웠다. 마침 학교, 학원, 유치원, 어린이집 모두 방학인 때라 아이들과 모든 시간을 함께해야 했다.

더운 날씨에 금세 땀범벅이 되는 아이들을 자주 씻겨야 했고, 끼니때는 어찌나 빨리 돌아오던지···. 조용히 책을 읽고 읽어주겠다는 계획은 실천도 할 수 없었다. 출근할 때보다 몇 배나 힘든 시간들이 지나갔다. 내가 이런데 엄마는 어떠셨을까. 정말 내가 큰 죄를 지으며 살고 있구나 싶었다.

출근을 앞둔 일요일 오후, 친정 엄마가 집으로 찾아오셨다. "막상 안 보니 애들이 보고 싶더라. 방학 끝나면 아이들이 밖에 있는 시간이 많으니 다시 한번 해보자. 이렇게 바깥 활동을 하면서 신문에 글도 쓰는 딸이 자랑스러워서라도 계속 도와줘야지 우야겠노." 대신 식이요법을 해야 하니 아이들 밥은 직접 준비하고 저녁 운동을 하실 수 있게 가급적 일찍 퇴근하기로 약속

했다.

　다시 일상으로 돌아온 출근길, 엄마와 아이들의 배웅을 받으며 돌아서는데 울컥하는 기분이 들었다. 어느 노인요양병원에서 마주했던, 똑같이 머리를 짧게 커트하고 나란히 앉아계시던 어르신들의 모습도 떠올랐다. 아이들은 보육시설에 보내고 노후에 쇠약해지신 부모들은 요양병원에 맡기는 세대, 이기적이고 또 이기적인 세대. 그 중심에 내가 있는 것 같다. 무엇이 '자아'이며 어떤 것이 '실현'인지 모르겠지만 다시 매일 아침 집을 나선다. 지금 심하게 요동치며 아픈 내 심장의 근육도 어느새 또 단련되고 무뎌지게 되겠지.

유치원 입학 작전

또 한바탕 전쟁을 준비해야 한다. 수능시험을 치를 수험생 학부모도 아닌 필자가 준비할 전쟁은 바로 유치원 입학 전형이다. 대학 입시가 있는 11월은 유치원 신입생 모집 기간이기도 하다. 필자도 곧 6세가 되는 막내 아이가 다닐 유치원을 결정해야 한다. 2살 위의 아이를 유치원에 보낼 때와 같은 낭패를 겪지 않으려면 미리 준비해야 한다. 집과 가까운 병설유치원을 비롯해 몇몇 유치원에 전화를 걸어 입학 전형 일정을 체크해 뒀다.

2년 전까지만 해도 주변 학부모들과의 교류가 거의 없던 필자는 다자녀 가정의 아이는 유치원을 '선택'만 하면 되는 줄 알았다. 유치원 입학 전형에서 당연히 세 아이를 둔 가정이 유리할 것이라(확인도 해보지 않고) 믿었기 때문이다. 아이를 보내기로 결정한 유치원에서 '추첨일'이라 통보해 온 날 주민등록등본과 원서를 들고 유치원으로 향했다.

막상 유치원 강당으로 올라가니 분위기가 이상했다. 삼삼오오 무리 지은 학부모들은 몇몇 다른 유치원에도 중복 지원을 한 것 같았다. 오전에 다른 유치원에 다녀왔으며, 현재 유치원과 추첨 시간이 중복되는 곳에는 다른 가족을 보냈다는 이야기를 하고 있었다. 이게 무슨 분위기인가 싶어 어리둥절하기만 했다. 곧 유치원 원장과 교사들이 들어왔다. 원서 접수 순서대로 쪽지를 나눠주고 추첨 순서를 정한 뒤 이름 그대로 '뽑기'를 하는 것 아닌가. 당황스러웠다. 필자의 예상처럼 다자녀 가정, 직장맘 등을 나눠 추가 배점을 주고 점수를 매기는 방법이 아니었던 것이다. 무지몽매하게도 단 한 군데만 지원했기에 합격 표를 뽑지 못한 필자는 정말 황당한 기분으로 발길을 돌려야 했다.

집에서 차량으로 30분 거리 내의 유치원은 이미 원아 모집을 마무리했기에 대안이 없었다. 그렇다고 해서 '영어유치원'이라 불리는 사설 어학원에 아이를 보내고 싶지는 않았다. 먼 거리의 유치원을 다시 알아봐야 하나 하고 마음이 조급해질 때, 마침 신설 유치원 한 곳이 계속 원아를 모집하고 있다는 정보를 얻고 그곳에 겨우 아이를 보낼 수 있었다.

막내가 '추첨'을 하지 않고 유치원에 진학할 수 있는 방법은 둘째가 다니는 유치원의 '형제 우선' 입학 전형을 이용하는 것이다. 그렇지만 둘째가 다닌 유치원은 일반 사립 유치원보다 조금 더 비용이 많이 드는 곳이다. 그곳도 이미 '추첨'이 필요한 유치원으로 자리 잡았지만, 이제 곧 초등학생이 될 둘째 아이와 큰아이에게 들어가는 돈까지 생각하면 조금이라도 비용이 적게 드는 곳을 선택해야 한다.

저렴하면서도 좋은 보육 환경을 제공하는 유치원, 그런 곳들이 대체로 경쟁이 치열한 유치원이다. 대다수 사립 유치원은 종일반 제도 대신 '방과 후 수업'이라는 명목으로 각종 수업을 개설해놓고 신청한 아이와 그렇지 않은 아이를 구분해 과정을 운영한다. 아이를 일찌감치 키운 선배들은 인근 초등학교 병설 유치원을 보내면 될 것 아니냐고도 했지만, 그곳은 차량을 운행하지 않는다. 또 긴 방학과 이른 하교 시간 때문에 직장맘이 쉽게 선택할 수 있는 곳이 아니다.

　출산율이 낮은 것을 걱정하는 기사가 하루가 멀게 매체에 등장하지만, 세 아이를 키우고 있는 필자는 다자녀 가정이라는 혜택을 아직까지 제대로 누려본 적이 없다. 필자는 세 개의 유치원을 오가며 막내의 유치원 입학 전형을 치러야 한다. 가뜩이나 입시철이라 어수선한 분위기 속에 유치원에서부터 입학 눈치작전에 들어가야 하는 상황이 서글프기만 하다.

일상을 살아가는 비범함

또 '그 시기'를 겪고 있다. '그 시기'는 아이가 엄마와 떨어지기 싫어하는 '분리 불안기'이다. 두 돌이 채되지 않은 막내가 요즘 부쩍 엄마를 따른다. 출근할 때마다 현관, 엘리베이터, 차 앞까지 따라 나와서 발을 동동 구르며 팔을 벌리고 울어댄다. 한 번 안아줘 보지만 끝이 없다는 걸 알기에 눈을 질끈 감고 차에 올라 휙 나가버린다. 세 아이를 기르면서 한두 번 겪은 일도 아닌데 겪을 때마다 가슴이 아린다.

첫애 때는 차 안에서 눈물을 흘린 적도 있지만, 이제는 내성이 생겼는지 금세 잊어버리고 사무실로 향한다. 막상 엄마가 눈에 보이지 않으면 아이는 언제 울었느냐는 듯 잘 논다는 것을 알고 있기 때문이다. 남에게 아이를 맡긴다면 혹시나 학대당하는 건 아닐까 우려하겠지만 할머니, 할아버지께서 누구보다 더 큰 사랑으로 아이들을 돌봐주신다는 걸 알기에 마음 편히 휙 나갈 수 있는 것이기도 하다.

퇴근 후 현관문을 열고 들어서면 아이는 "엄~마, 엄~마." 하며 달려와 온몸으로 반긴다. 아침에 자기를 두고 가버린 엄마의 쌀쌀함은 기억도 나지 않나 보다. 하루 종일 아이와 씨름하느라 지친 할머니는 "하루 종일 돌봐줘 봐야, 결국 지 엄마가 최고라칸다. 하기사, 그게 당연한 거지. 엄마 없는 애는 어찌 보겠노." 하신다.

그렇지만 일을 쉬고 싶다는 생각을 해본 적은 거의 없다. 세월은 흘러갈 것이고 아이들은 자랄 것이니까. 딸아이들에게 슬쩍 한번 물어봤다. "엄마가 회사 다니는 게 좋아, 집에서 너희들과 함께 있는 게 좋아?" '엄마가 좋아, 아빠가 좋아?' 라는 질문을 할 때처럼 당연히 '엄마와 함께 있고 싶어.' 라는 대답을 기대한 것이었다.

그런데 이게 웬일인가. 내 기대와는 달리 두 아이 모두 우물쭈물 대답을 하지 못하는 것 아닌가. "솔직하게 이야기 한번 해봐." 다시 캐물었다. "생각이 반, 반이야. 엄마가 회사 가면 돈을 벌어 와서 좋고, 엄마가 집에 있으면 우리하고 함께 오래 있을 수 있어서 좋을 것 같아."

살짝 기가 막혔다. 이 아이들이 벌써부터 엄마와 함께 있으면 듣게 될 잔소리가 싫은가 싶기도 하고 '돈을 벌어 와서 좋다'는 말은 무슨 뜻인지 알고나 한 말일까 싶었다. 엄마가 회사에 가는 이유에 대해 어른들이 '너희들 학교 보내고 유치원 보내기 위해 돈 벌러 간다'는 이유를 댔기 때문일까.

아무튼 초등 고학년부터는 엄마의 귀가를 기다리지도 않는다더니 정말 그럴 것 같다. '엄마 따개비' 막내도 비슷한 과정을 겪으며 쑤욱 커버리겠다 싶다. 내게도 '그날'이 오겠지. 하지만 언제가 될지 모를 '그날'이 오기 전까지 겪어내는 하루하루 일상은 치열함의 연속이다.

워킹맘 말이 쉬워 워킹맘이지, '워킹'도 해야 하고 '맘'도 해야 한다. 어디 그뿐인가. 아내, 며느리, 딸, 시누, 올케…. 해야 할 역할이 한두 가지가 아니다. 결혼 생활과 출산, 육아를 통해 제일 먼저 배운 것은 '나'를 억제하는 것이다. 결혼을 해보지 않은, 아이를 길러보지 않은 사람들을 '생속' 이라 일컫는 이유도 알 것 같다.

일로 인해 귀가가 늦을 때는 아이들과 어른들에게 미안하고, 저녁 약속을 잡지 못할 때는 아이 핑계 대는 것만큼 싫을 때가 없다. 아직도 직장 여성들이 아이 핑계를 대는 것은 프로답지 못하게 여겨지기 때문이다. 역으로 아이 키우는 사람이라고 저녁 자리에 열외시켜도 속상한 마음이 든다. 아무튼 사회도, 가정도 모두들 '그럼에도 불구하고' 를 원한다. 그럼에도 불구하고 일을 잘한다, 그럼에도 불구하고 좋은 아내, 좋은 며느리, 좋은 엄마이다…. 마음속 깊이 육아기의 일하는 여성을 이해해 주는 사람을 찾기는 힘들다.

그러던 중 어느 모임에서 대선배님이 이런 인사말을 건넸다. "자기들 일상을 살아가는 것 자체가 대단해. 애들 키우며 일 열심히 하고, 그렇게 살아가는 자기들 일상 자체가 비범한 거야." 참 기운 나는 말이었다. 일상이 비범하다니. 그렇다. 내가 살아가는 일상이 그저 감사하고 소중하다. 특히 요즘같이 하루가 멀다 하고 흉흉한 사건사고 소식이 들려올 때는 더욱더 그러하다.

마이클 샌델은『돈으로 살 수 없는 것들』이라는 책을 통해 '어떻게 살아가고 싶은가' 에 대한 문제를 제기한다. 정말 곰곰이 생각해 보면 이 세상에 돈으로 살 수 없는 것은 그리 많지 않다. 돈으로 살 수 없는 것들, 그 가운데 으뜸은 바로 우리 일상, 일상의 작은 행복이 아닐까.

공감, 세상과 소통하는 키워드

야근을 마치고 집에 돌아와 보니 기가 막힌 일이 벌어져 있었다. 노트북 컴퓨터 키보드가 모조리 다 뽑혀 있는 것 아니겠는가. 꼬맹이들의 소행이었다. 정말이지 '멘붕' 상태가 되지 않을 수 없었다. 이리저리 밀린 원고를 안고 퇴근했는데 그것마저도 불가능해진 것이다. 이미 세상 모르고 잠들어있는 '범인'들을 깨울 수도 없어 애써 화를 참을 수밖에 없었다.

그래도 잠시 정신 차릴 여유는 있었나 보다. 기록을 남겨야겠다 싶어서 휴대폰 카메라로 사진을 찍고 카카오 스토리(사진공유 SNS)에 사진을 업로드했다. 조금 뒤 여러 사람들의 댓글이 이어졌다. 비슷한 상황을 겪었다는 이야기가 제일 많았다. 그리고 아이가 얼마나 큰 인물이 되려고 이런 일을 저질렀을까, 아이에게 키보드를 하나 선물해 주라는 이야기 등등 다양한 글들이 올라왔다.

모두 그때의 내 기분에 '공감' 해 주는 글들이었다. 댓글을 읽다 보니 웃음도 나고 기분이 한결 가벼워지기 시작했다. 노트북을 집어던지고만 싶었던 분노는 어디론가 사라지고 차분히 앉아서 키보드를 하나씩 끼울 여유를 되찾을 수 있었다. 자판을 하나하나 끼워 맞추면서 이런 저런 생각을 하다 보니 지인들과의 저녁 모임에서 나눈 대화가 떠올랐다.

그날 대화에서 한 분이 앞서 내가 사용한 '멘붕' 이라는 단어의 위험성에 대해 지적했다. '멘붕' (멘털 붕괴)이라는 단어가 얼마나 무서운 말인지 생각할 필요가 있다는 것이었다. 실제로 사람들의 '정신' 이 '붕괴' 된다고 생각해 보라. 상상하기조차 힘든 상황이 벌어질 것 같다. 언어가 사고를 지배한다는 관점에서 생각해 보면 아찔한 단어임에 틀림없다.

이어 그분은 '멘붕' 말고 '멘공' 이라는 단어를 유행시키자는 제안을 하셨다. '멘공' 즉 '멘털 공감' 이라는 말이 얼마나 멋지냐는 것이었다. 말을 만들어 쓰다

보면 유행이 될 것이고 사람들의 사고도 달라질 것이라는 것이 그분의 논리였다. 정말이지 '공감' 하지 않을 수 없는 말이었다. 그렇다. '공감'은 사람 사이에 안정과 유대감을 심어주는 키워드이다.

요즘 하루가 멀다 하고 들려오는 학교 폭력, 청소년 자살 그리고 아동 대상 범죄 등등의 원인도 바로 이런 '공감' 능력을 키우지 못한 사람들이 많기 때문이라고 한다. 그러면 어떻게 공감하는 능력을 길러야 할까? 감성의 영역이 어디 하루아침에 길러지는 것이겠는가. 어린 시절부터 형제끼리, 친구끼리 어울리면서 여러 감정과 감성을 배우고 익혀야 한다.

그렇지만 실제 아이들을 키우다 보면 정말이지 '공감' 능력을 길러줄 여유가 없다. 초등학교 입학과 동시에 아이들은 긴장 상태에서 생활한다. 요즘 아이들은 하루 1시간도 놀 시간이 없다. 각종 학습을 위한 학원에 예체능(심지어는 줄넘기 학원까지) 과외 다니느라 밤늦은 시간에 귀가한다.

집에 와서도 학습지 선생님들이 기다리는데 아이들은 스스로 무엇인가를 찾아 배울 시간이 없다. 그뿐이 아니다. 워낙 험악한 사고 뉴스를 많이 접하다 보니 아이들에게도 낯선 사람뿐만 아니라 '아는 사람'도 조심해야 한다고 가르쳐야 한다.

그러다 보니 요즘 엄마들은 아이들에게 양보나 배려를 가르치기에 앞서 자기 주장을 관철시키는 방법을 먼저 가르친다. 실제로 요즘 아이들은 정말 똑똑하다. '독서교육' 붐에 어릴 때부터 책을 많이 읽었고 엄마들이 조를 맞춰서 다양한 현장체험 학습도 빠짐없이 시키고 있기 때문이다. 그렇지만 이 모든 걸 다 해내야 하니 아이 스스로 감성을 기를 여유가 없다. 스트레스나 분노와 같은 감정을 풀 곳도 없다. 아이 엄마들과 이야기를 나눠보면 어디로 가야 할지, 어떻게 가는 것이 옳은지 찾기 힘들고 막막하니 그저 '남들처럼'이 목표가 될 수밖에 없었다고들 한다.

나 또한 그리 특별한 엄마가 되지 못하고 있다. 저학년 때는 놀게 해야겠다는 결심과는 달리 아이가 수강하는 학원 수가 하나둘 늘어가고 있다. 어느 날, 아이에게서 "엄마, 하루가 왜 이렇게 짧아?" 하는 한숨 섞인 이야기를 들었다. 놀이터에서 하루 종일 뛰어 놀아도 해가 길게 느껴졌던 내 어린 시절을 떠올려 보면 정말 안쓰럽지 않을 수 없다.

아이를 길러보니 이 세상의 모든 문제와 그 해답은 육아에 있다는 것을 알게 됐다. 아이들이 보다 자유롭게 세상과 소통하고 타인과 공감하는 방법을 배울 수 있는 좋은 방법이 어디 없을까? 함께 고민해 보면 좋겠다.

같은 공연에 임하는 세 가지 자세

화원유원지 인근 사문진 나루터에서 100대의 피아노를 설치해 한 자리에서 연주하는 장관이 펼쳐지던 날이었다. 주변 사람들에게 관람을 추천했던 터라 친구네 가족과 함께 길을 나섰다. 일찌감치 도착한 동료는 나루터 인근에서 석양을 즐기며 공연을 기다리고 있다는 문자를 보내왔다.

그런데 주말 저녁 교통 상황을 예상해서 조금 더 일찍 출발했어야 했다. 차가 생각보다 많이 막혔다. 나중에는 석양 감상은커녕 제시간에 도착할 수 있기만 바랄 뿐이었다. 행사장 인근에 이르니 차가 더 많아졌고 주차할 공간도 찾기 어려웠다. 어렵게 주차해 놓고 행사장에 도착했을 때는 이미 공연이 시작된 지 몇 분이 흐른 후였다.

의자도 꽤 많이 배치되어 있었지만 이미 만원이었고 의자 주변 무대가 보이는 자리에 서 있는 사람들도 꽤 많았다. 어쩔 수 없이 몇 군데 설치된 스크린을 멀찌감치 보며 피아노 소리를 듣는 것을 택했다. 어찌 됐건 다시 보기 힘든 공연인데 그렇게라도 그 자리에 있는 것도 아이들에게 좋은 경험이겠다 싶었다.

바로 그즈음 남편과 친구 일행이 집으로 돌아가자고 하는 것 아니겠는가. 많은 사람들이 귀갓길에 몰리면 엄청난 정체가 예상된다는 것이 가장 큰 이유였다. 말을 마치기 무섭게 친구 일행은 차를 타고 떠났고 남편도 길을 독촉했다. 남편은 돌아오는 길에도 끊임없이 불평을 토로했다. 관객 수와 교통 상황을 예상하지 못한 기획에 문제가 있다는 말부터 시작해서 저런 행사는 경기장 같은 곳에서 했어야 한다는 기획 의도 자체를 부정하는 말까지 이어대니 자연 부부싸움으로 이어질 수밖에 없었다.

거의 집에 다 와 갈 무렵 나의 추천으로 공연장을 찾았던 다른 가족이 연락을 해왔다. 공연을 너무 감명 깊게 봤다고 차를 한잔 사겠다는 제안의 전화였다. 공연

도중에 나왔다는 이야기를 하고 나니, 이유야 어찌 되었건 문화계에서 일을 한다는 사람이 그런 행동을 했다는 사실이 부끄러웠다.

　같은 공연에 임하는 자세가 이렇게나 다양했다. 일찌감치 도착해서 석양을 즐기다가 객석에 느긋하게 앉아 공연을 즐긴 동료, 시간 맞춰 공연장에 가서 비록 뒷자리나마 객석에 앉아 공연을 끝까지 보고 돌아오는 길에 감상을 나눈 친구네 가족, 그리고 늦게 도착해 놓고 차량 정체를 두려워하며 공연을 제대로 보지도 않고 돌아 나온 우리 가족이다.

　다음 날 출근 후 직장 선배에게 이 이야기를 하니, 선배는 정신이 번쩍 드는 조언을 해줬다. 차가 막힐 때, 자신 또한 그 차량 정체의 이유가 됐을 거란 생각을 왜 하지 못했느냐는 것이다. 그리고 문화생활을 즐기겠다고 마음먹은 사람들이 그 정도 마음의 여유를 갖지 못하느냐는 말도 덧붙였다.

　실제로 공연 현장에 가보면 연주자의 앙코르곡이 채 끝나기도 전에 돌아서서 나가는 사람들을 쉽게 볼 수 있다. 대부분이 공연장 출구에서의 차량 정체를 걱정하는 사람들이다. 직장 선배의 말처럼 좋은 공연을 보

러 온 사람들임에도 마음의 여유가 차량 정체를 참아
내는 것까지는 이르지 못한 것 같다. 많은 연주회를 보
러 다녔지만 미리 일어나는 관객이 없었던 적은 단 한
번도 없었던 것 같다.

공연장을 찾는 사람들의 옷차림에 큰 변화가 있다는
것은 느낄 수 있다. 대구에 큰 공연장이라고는 시민회
관과 대구문화예술회관뿐일 때만 하더라도 정통 클래
식 공연에 반바지에 슬리퍼를 신은 채 공연장을 찾는
사람들을 흔히 볼 수 있었다. 요즘 공연장에서는 그런
성의 없는 옷차림은 거의 찾아볼 수 없다. 공연장을 찾
기 위해 단정히 차려입은 사람들이 많다. 옷차림은 공
연을 준비한 연주자들에 대한 예의이기도 하지만 공연
에 임하는 본인의 마음가짐이기도 하다. 지역에 크고
작은 문화공간이 많이 생기고 또 그만큼 행사 수가 많
아지면서 관객들의 경험치도 쌓인 것 같다.

그런데 아쉽게도 공연이 끝난 후 객석에 불이 들어올
때까지 기다리지 못하는 사람들이 많다는 것은 매한가
지인 것 같다. 문화생활을 즐기는 것은 공연장 내에서
만이 아닐 텐데 말이다. 공연장을 가기 위해 표를 예매
한 순간부터 공연장에 가는 길, 그리고 객석에서의 감

동을 안은 채 돌아가는 길까지의 모든 과정이 포함된 패키지 상품을 제대로 즐기는 것이 바로 진정한 '문화생활'이 아닐까 싶다. 연일 수많은 공연, 전시가 이어진다. 꼼꼼하게 준비해서 마무리까지 멋지게 하는 문화생활, 한번 즐겨보시기 바란다.

행복한 나

수능 시험 날 오전, 시숙모님으로부터 전화가 걸려왔다. 재수생이었던 사촌 동생의 안부가 궁금했지만 전화를 걸지 못했던 터여서 반갑게 전화를 받았다. 숙모님은 편안한 마음으로 수험생을 보내놓고 우리 아이들의 안부가 궁금해서 전화를 했다 하셨다. 그러면서 최근 만났을 때 나의 표정이 어두웠던 게 마음에 걸린다고 하시면서 밝고 긍정적인 마음을 갖도록 노력하라는 말씀을 덧붙이셨다. 긍정적이고 밝은 에너지를 가지면 아이가 곁에 있건 없건 아이에게도 좋은 에너지가 전해진다는 것이다. 그런 마음에서 수험생의 부모 입장에서도 편안하게 나의 안부를 물을 수 있는 여유를 가질 수 있지 않았나 싶었다.

나의 불안하고 불편한 마음이 주변 사람들에게 들키고 있는 것 같다. "눈이 웃지 않고 입만 웃는군요." 사무실의 동료가 내게 한 말이다. 복도에서 마주칠 때마다 내가 '입만 웃는' 미소를 짓는다는 것이다. 얼마나 어색했기에 저런 말을 하나 싶어 거울을 들고 얼굴을 가만히 들여다보며 웃는 표정을 지어보았다. 그 동료의 말마따나 눈은 웃지 않고 입만 웃는 모습이 어떤 걸까. 언제나 사람들로부터 환하게 웃는 인상이 좋다는 평판을 듣고 있었기에 조금은 당혹스러웠다.

어쩔 수 없나 보다. 애써 밝은 표정을 짓고 살아도 마음 깊은 곳까지 밝지 않을 때가 많으니 기분이 고스란히 얼굴에도 드러나나 보다. 책을 한 권 들어도 집중해서 끝까지 읽기 힘들고 글도 머리 위를 스쳐 지나갈 뿐이다. 웬만한 공연이나 전시를 봐도 감흥이 쉽게 오지 않는다. 이렇게 새로운 게 없다는 게 나이 드는 것인가 싶기도 하다.

항상 스스로에게 채찍질을 하며 살아왔던 것 같다. 일을 하면서 공부를 병행했고 뭔가 하나를 이루고 나면 또 새로운 목표를 찾았다. 그것도 아니면 사람들을 찾아다니며 모임을 갖는 것을 즐겼다. 어디서든 나를 필요로 할 것 같았고 또 그들로 인해 배울 점이 많았기 때문이다.

결혼 후 육아를 병행하면서도 이 모든 것들을 포기하려 하지 않았던 것 같다. 주변 사람들이나 친구들로부터 "세 아이를 키우면서 대단하다."는 말을 듣는 것을 즐겼던 것도 같다. 그렇지만 정말 대단한 것은 딸을 대신해 세 아이의 육아를 전담해 주신 친정 부모님과 그동안 건강하게 잘 자라준 아이들이었다.

그런데 아이가 초등학교에 진학하면서, 그리고 아직 어린 막내를 어린이집에 보낸 후부터 조금씩 그 빈틈이 드러나는 것을 느끼게 됐다. 첫 아이는 이유 없이 보건실을 자주 드나들고 학교 앞에서 만나는 친구 엄마나 학원 선생님에게 이야기를 주절주절 늘어놓는 아이가 되어 있었다. 엄마가 자기 이야기를 충분히 들어주지 못했기 때문이다.

막내는 기침이 떨어질 날이 없다. 면역력이 약한 나이인데 단체 생활을 하다 보니 늘 감기를 달고 산다. 얼굴에도 크고 작은 상처가 가실 날이 없다. 역시나 아직 어린 둘째는 걸핏하면 오줌을 싸는 아이가 되어 있었다.

이 모든 것이 다 내 탓인 것만 같았다. 몸과 마음이

피곤하니 남편과의 다툼도 잦아졌다. 이제 더 이상 버틸 수가 없구나 싶었다. 일을 쉬어야 하나? 어떤 선택을 해야 할 것 같았다. 그러던 중 이런 고민들을 모임에서 만난 인생 선배들에게 털어놓아 봤다. 나와 비슷한 과정을 겪은 그들은 내게 삶의 방식을 바꿔보라고 조언했다.

대신 지금보다는 생활의 중심을 가정과 애들에게로 살짝 이동하되, 남을 의식하기보다는 스스로가 좀 더 행복한 길을 택하라고 조언해 줬다. 그리고 그들도 역시 엄마가 행복하면 아이들에게도 그 에너지가 고스란히 간다는 말을 덧붙였다.

우선 내 마음부터 다스려야 했다. 책상과 수첩 앞에다가 한 구절을 써서 붙였다. '행복한 나'라고 말이다. '행복한'이라는 수식어에서 비롯된 행복이 저를 지배할 것 같아서였다. 그리고 휴대폰에 저장된 아이 이름 앞에 '사랑스러운'이라는 수식어를 덧붙였다. 학교에서든 어디서든 사랑받는 아이가 되길 바라는 마음에서이다. 아이 이름을 부를 때도 항상 '사랑스러운'이라는 수식어를 붙여보았다. 둘째 아이에게는 '소중한', 막내에게는 '씩씩한'이라는 수식어를 붙였다.

그 후로 큰아이는 내게 쓰는 쪽지 편지에도 '사랑스러운 ○○가 엄마에게'라는 말로 마무리 짓기 시작했다. 나는 아이에게 '사랑스러운' 사람이 되려면 어떻게 행동하면 좋을지를 이야기해주기도 했다. 아직은 눈에 보이는 큰 변화가 있지 않다. 의식 언어의 지배를 받기 바라며 '행복한', '사랑스러운', '소중한' 그리고 '씩씩한' 우리 가족의 모습을 매일 상상해 볼 생각이다. 그런 긍정의 에너지가 좋은 결과를 가져올 것을 믿으면서 말이다.

후회보다는 반성으로

초등학생 딸아이가 학교에서 가져 온 국어 시험 답안 때문에 온 집안이 웃음바다가 된 적이 있다. 시험 문제는 교과서에 나온 동시를 응용한 것으로 '( ) 아빠 닮았다. ( ) 엄마 닮았다'에서 아이의 생각대로 괄호 안을 메우는 것이다. 아이가 쓴 답은 순서대로 '속눈썹이 긴 건'과 '머리가 큰 건'이었다.

나는 아이에게 엄마와 네가 왜 머리가 크냐고 되물으며 이런 답을 본 선생님이 얼마나 웃었겠느냐며 펄쩍 뛰었다. 처음 치른 시험에서 이런 답안을 쓰느라 얼마나 고심했을까 싶기도 했지만 채점하신 선생님께 부끄럽다는 생각이 먼저 들었기 때문이다. 흥분하는 나를 보며 아이는 얼굴이 빨개진 채 "그 말 말고 뭘 써야 할지 몰랐어."라고 했다.

아이는 어릴 때부터 외할머니가 세수를 시켜주시면서 "우리 ○○, 속눈썹 긴 건 아빠 닮아서 예쁜데 엄마 닮아서 머리가 커서 문제"라고 반복해서 얘기하셨던 게 기억에 남아서 그런 답을 쓴 것이었다. 나 또한 부모님으로부터 그 말을 평생 듣고 살아오긴 했다. 결국 딸과 외손녀에게 그렇게 세뇌시키신 부모님을 원망해야 하겠지만, 당신들도 그저 생각을 반복해서 이야기하신 것뿐이니 뭐라 할 말도 없기는 하다. 나는 아이에게 앞으로 이런 시험이 나오면 "손가락이 긴 건 엄마 닮았다."로 답하라고 얘기해줬다. 아이가 그 말을 얼마나 기억할지는 모르겠지만 말이다.

이런 웃지 못할 에피소드를 계기로 '당연히 그런 줄 알고' 살아가는 것들에 관해 생각해 봤다. 교육에 의해서 혹은 여러 가지 방법으로 습득된 생각은 쉽게 바뀌지 않는다. 특히 어릴 때 보고 배운 것은 평생 그 영향을 미치는 것 같다. 어느 정도 나이가 든 후에는 어떤 대상에 대해 미리 습득한 자신의 생각을 바꾸는 것이 여간 어려운 일이 아니다.

대학 졸업 후 처음으로 동창들이 한자리에 모였을 때

의 일이다. 20년 이상 세월의 공백이 있었지만 얼굴을 마주하고 난 후 서로의 첫 마디가 "똑같다." 였다. 남들이 들으면 웃을 수 있는 말이었지만 우리는 모두 20년 전과 '똑같은' 모습을 확인하고 감탄했다. 어디 외모만 그랬겠는가. 서로를 배려하는 마음이 같다는 사실에 이번 만남이 더 반가웠다.

한 친구는 동창회에 간다고 남편한테 이야기하니 '돈 자랑, 남편 자랑, 자식 자랑' 위주가 된다는 동창회에 왜 나가느냐며 말리더라고 얘기했다. 드라마에서도 흔히 접하는 동창회 후기는 좋은 것들이 하나도 없다. 신문광고를 보다가 '동창회 대비 성형수술' 이라는 문구를 보고 웃은 적도 있다. 아무튼 그러다 보니 동창회라는 것이 괜한 자격지심에 서로에게 상처만 주는 만남처럼 여겨지기도 한다. 동창회에 관한 편견 중 하나이다.

나의 동창회에서 친구들은 추억을 나누고 서로의 근황을 전해 들으며 하하 호호 즐거운 시간을 보냈다. 당연히 서로의 옷차림, 가방 등을 의식할 겨를도 없었다. 앞으로 세월이 더 흘러서 살아가는 모습이 많이 달라진 후에는 서로 어떤 모습을 보고, 보이게 될지 알 수 없다. 그저 첫 모임에서처럼 서로의 변한 모습을 확인하고 건강을 걱정해 주는 만남이 되기를 바라며 자리를 마감했다.

'아침편지'로 유명한 고도원 씨는 저서 『꿈이 그대를 춤추게 하라』에서 "나이가 들수록 아이의 귀를 닮아야 한다. 잘 귀담아듣는 사람, 그래서 잘 반성하고 잘 감동하고 잘 사랑하며 순진하게 사는 사람, 언제나 누구에게나 사랑받는 사람이다."라고 이야기했다. 나이 들수록 고정관념에 사로잡히지 않고, 귀와 마음을 열어둬야겠다는 생각을 다시금 해본다.

어떻게 살았는지 돌아볼 겨를도 없이 지내다 보니 벌써 연말이다. 문무학 전 대구예총 회장은 어느 프로그램 서문에서 '12'의 의미를 이렇게 정리했다. "올림포스 12신, 곤륜산의 12선인, 컴퓨터 기능키도 F12로 끝맺음은 12가 완전한 주기 우주의 질서인 까닭, $3 \times 4=12$에서 3은 신, 4는 인간, 12는 성스러운 것과 세속적인 것의 조화를 의미한다."

신과 인간, 성스러운 것과 세속적인 것이 조화를 이루어 만들어낸 우주의 한 주기가 또 이렇게 지나가고 있다. 한 해를 마무리하는 마음에는 후회도 있고 반성도 있다. 후회하는 사람은 타인을 탓하거나 억울한 마음이 강하고, 반성하는 사람은 스스로의 양심과 대의를 돌아보게 된다고 한다. 결국 후회는 과거 지향적이지만 반성은 희망적인 미래를 설계하는 밑거름이 된다.

눈높이 교육

　직업상 다양한 문화행사를 자주 접하게 된다. 좋은 것을 보면 사랑하는 사람과 함께 나누고 싶다는 생각이 들게 마련이다. 처음엔 친구, 연인 그리고 남편 생각이 떠올랐는데 요즘엔 아이 생각이 많이 난다.

　젊은 작가들의 그룹전을 둘러보다가 아이가 보면 좋아할 만한 설치 작품들이 보이기에 친정아버지께 전화해 아이와 전시장으로 나오시게 했다. 도착한 아이 손을 잡고 전시장을 돌아다니며 "이거 봐, 어때? 신기하지? 색이 너무 예쁘지 않니? 어떻게 만들었을까?"라며 관심을 유도했다. 아이는 작품에는 관심이 있는지 없는지 엄마 손을 잡고 마냥 깡충깡충 뛰어다니며 좋아했다. 어찌어찌 한 바퀴 전시장을 둘러본 후, 다시 할

아버지와 함께 집에 가도록 했더니 이제는 집에 가지 않으려고 떼를 써서 애를 먹었다.

어찌 됐건 애한테 뭔가 보여준 것 같아 뿌듯한 마음으로 퇴근했고 아이와 '복습'을 해보리라 마음먹었다. "낮에 전시회 보니까 어땠어?" "엄마는 왜 나 혼자 가라고 했어?" "응?" 그랬다. 아이에게는 전시내용보다는 엄마와 함께 집으로 돌아가지 못했던 것이 더 기억에 남았던 것이다.

문화예술 교육에 대한 관심이 높아지면서 부모와 함께 공연 전시장을 찾는 아이들의 모습을 자주 볼 수 있다. 7세 이상이 입장 가능한 공연장에 우리 아이는 관람 능력이 된다며 고집 피우는 부모도 종종 있다. 부모 손에 이끌려 찾은 클래식 공연장에서 잠을 자는 아이 모습을 본 적도 있다. 클래식 공연장, 미술 전시장을 찾는 것만이 아이에게 문화예술교육을 시키는 것일까?

이제 문화예술에서도 '눈높이 교육'을 생각할 때가 된 것 같다. 어른들이 이상으로 생각하는 문화예술의 현장이 꼭 아이들에게도 좋은 것은 아니라는 것이다.

잃어버린 동요를 찾아서

딸아이가 다니는 어린이집에서 재롱잔치를 했다. 리허설 준비를 위해 아이를 먼저 보내고 남편과 나는 공연 시간에 맞춰 공연장으로 향했다. 우리가 벌써 학부모(?)가 되어 이런 자리에 참석하나 싶어서 가슴이 뭉클했다. 공연장에 도착하니 꽃다발을 준비한 사람도 보이고 아이 이름이 적힌 플래카드를 만들어 온 사람들도 있었다. 첫 아이라 모든 게 처음인 우리는 부랴부랴 사탕부케를 하나 사들고 객석에 앉았다.

막이 오르고 예쁜 옷을 차려입은 아이들이 춤과 노래, 연기 등 그동안 연습한 실력들을 발휘했다. 알록달록 예쁜 옷만큼이나 아이들의 무대는 깜찍했다. 졸업을 앞둔 아이들은 맏형들답게 프로처럼 장기를 선보여서 관객들을 놀라게 하기도 했다. 세 시간 남짓 이어지는 무대를 보면서 한 가지 씁쓸한 생각이 들었다. 3세에서 7세가 주를 이루는 어린이들이 꾸민 무대임에도 TV 개그프로나 대중가수를 흉내 낸 공연이 대부분이었던 것이다. 노래 순서에서 동요를 찾아볼 수 없었다. 선생님들이 준비한 특별 무대조차도 인기그룹 원더걸스의 〈노바디〉였다.

이탈리아에서 10년간의 유학생활을 보내고 돌아온 한 지휘자의 말이 생각났다. "오랜만에 돌아와서 아이들을 학교에 보내 보니 우리 동요가 사라지고 있는 것 같아 안타까웠다."는 것이 요지였다. 어린 시절 불렀던 동요들을 하나둘 떠올려 보자. 노랫말 하나하나가 뜻 깊고 아름답지 않은가. 그러면 누가 우리 아이들에게서 동요를 빼앗아갔을까. 태교 때만 반짝 신경 쓴 엄마에서부터 노래를 만드는 음악인까지 모두 공동으로 책임져야 할 부분이 아닐까 한다. 멀리 찾을 것도 없다. 우리 대구가 낳은 작곡가 현제명, 박태준 선생을 떠올려보자. 그들의 동요는 명곡 중에서도 명곡이다. 영어 공부, 선행학습에 지친 우리 아이들, 그들의 메마른 정서만 탓하지 말자. 그들을 위해 아름다운 노랫말의 동요를 선물해 보는 건 어떨까. 그것이 지역 음악인들의 손으로 만든 곡이면 더 자랑스러울 것 같다.